伟大的思想

GREAT IDEAS

OF THE ABUSE OF WORDS

人类理解论

[英]约翰·洛克　著

孙平华　韩　宁　译

中国出版集团
中译出版社

图书在版编目（CIP）数据

人类理解论 /（英）约翰 · 洛克 (John Locke) 著；
孙平华，韩宁译 . — 北京：中译出版社，2019.10（2020.1 重印）
（伟大的思想）
ISBN 978-7-5001-6041-0

Ⅰ . ①人… Ⅱ . ①约… ②孙… ③韩… Ⅲ . ①认识论
—研究 Ⅳ . ① B017 ② B561.24

中国版本图书馆 CIP 数据核字（2019）第 199707 号

Penguin Books Ltd, Registered Offices: 80 Strand, London WC2R ORL, England
www.penguin.com
These extracts taken from *An Essay Concerning Human Understanding*, first published 1689
This selection published in Penguin Books 2009

人类理解论

著　　者：（英）约翰 · 洛克
译　　者：孙平华　韩　宁
总 策 划：张高里
特约编辑：白　姗　赵　轩　　责任编辑：刘香玲　王　梦
版式设计：索　迪　　排　　版：志雅文化
印　　刷：北京顶佳世纪印刷有限公司
经　　销：新华书店

出版发行：中译出版社
地　　址：北京市西城区车公庄大街甲 4 号物华大厦六层　100044
电　　话：(010)68359376,68359827（发行部）68359719（编辑部）
传　　真：(010)68357870
电子邮箱：book@ctph.com.cn
网　　址：http://www.ctph.com.cn

开　　本：760mm×950mm　1/32　　印　　张：4.25　　字　　数：68 千字
版　　次：2019 年 10 月第 1 版　　印　　次：2020 年 1 月第 2 次
书　　号：ISBN 978-7-5001-6041-0　　定　　价：216.00 元（全 8 册）

中　译　出　版　社

“伟大的思想”中文版序

企鹅“伟大的思想”系列丛书自2004年开始陆续面世，在英国、美国和德国均有出版。在英国出版品种最多，已付梓八十种，尚有二十种计划出版。该丛书在全球众多读者间，尤其是学生当中，普及了哲学和政治学，销量已远超二百万册。中文版“伟大的思想”的推出，是该系列的又一延续和发展，令人欢欣鼓舞。

推出这套丛书旨在让读者再次与一些伟大的非小说类经典著作面对面地交流。长久以来，此类书籍的出版都建立在这样一个假设之上——此类著作供学生课堂学习之用，因此需辅以导读、详尽的注释及参考书目等。此类版本无疑十分有用，但我想，如果某一版本能够重建托马斯·潘恩的《常识》或约翰·罗斯金的《艺术与人生》初版时的环境，为读者与作者营造更为亲密无间的氛围，使读者除了原作者及其自身的思考外没有其他参照，也许会更有吸引力。

但是，这一做法亦存在严重缺陷：每位作者的表述难免有难解或不可解之处，一些重要的背景知识或许也有所缺失。例如，读者对亨利·梭罗创作时的情形毫无头绪，也不了解该书的反响及影响。不过，这样做的优点也显而易见，最为显著的便是作者的初衷又一次受到重视——托马斯·潘恩的愤怒、查尔斯·达尔文的灵光、塞内加的隐逸。他们给许多国家的众多读者带来的生活影响难以估量，有的影响甚至长达几个世纪，几乎没有什么比阅读这些作家更令人拍案叫绝的了。倘若没有亚当·斯密或阿图尔·叔本华，将无法想象我们今天的世界。这些小书创作年代久远，但其中的话语彻底改变了我们的政治学、经济学、精神世界、社会规划和宗教信仰。

“伟大的思想”系列一直求新求变，地域不同，收录的作家亦不同。一些作家在中国或美国更受欢迎，而英国版“伟大的思想”收录的一些作家在其他国家和地区则鲜有人知。称其为“伟大的思想”，我们亦是慎之又慎。这些思想之所以伟大，在于其影响深远，但这并不意味着这些思想都是“好”思想，实际上一些书或可列入“坏”思想之列。丛书中收录的很多作家受到同样收录于该丛书的其他作家的巨大影响，例如，马塞尔·普鲁斯特承认受约翰·罗斯金影响很大，米歇尔·德·蒙田也承认深受塞内加影响。但也有些作家彼此憎恶，若发现彼此都被收录于同一丛书，一定会深感苦恼。至于他们思想的或“好”或“坏”，读者可自行判明。我们衷心希望，您可以享受阅读这些著作的乐趣。

“伟大的思想”出版者

西蒙·温德尔

目录

译者导读

约翰·洛克（John Locke，1632—1704），英国著名思想家、哲学家和著述家，经验主义代表人物，是全面系统地阐述宪政民主基本思想的第一位作家，在社会契约理论上作出重要贡献。洛克 1632 年生于萨默塞特郡（Somerset）威灵顿村，曾就读牛津大学基督教堂学院，后转攻医学，学成后成为沙夫茨伯里伯爵（辉格党创立人之一）私人医师，为辉格党重要思想领袖。1683 年被怀疑涉嫌刺杀查理二世国王，逃至荷兰，1688 年返回英格兰，整理书稿，并出版《人类理解论》《政府论》《论宽容》等著作，1704 年病逝于艾塞克斯郡。

洛克最著名的作品《人类理解论》于 1671 年开

始撰写，1690 年得以出版，自首次出版到 1700 年已出版二十个版本。在书中，洛克批评了宣称人生下来便带有内在思想的哲学理论，他主张人所经历过的感觉和经验才是形塑思想的主要来源。从哲学的继承性上看，洛克走的是弗兰西斯·培根和托马斯·霍布斯的路线，即知识起源于感觉和经验。书中涉及的思想对于伏尔泰等众多西方哲学家也产生了极大影响，在西方哲学史上起到承前启后的作用。由于他在这方面的理论，洛克可以被归类为经验主义者。

本书截取《人类理解论》中精华而成，全书分为两大部分。第一部分介绍人类的观念。洛克认为观念来源为二，即感觉和反思。感觉来源于感官感受外部世界，而反思则来自于心灵观察本身。与理性主义者不同的是，洛克强调这两种观念是知识的唯一来源，并将观念划分为简单观念和复杂观念。简单观念可以被直接感知，而复杂观念只能融合许多简单观念提炼而出。此外，洛克还对人类常见的心理状态作出描述，并谈到观念的整零与正误。第二部分介绍语言的使用。洛克认为语言是观念的载体，因此语言的作用主要为记载和传播。语言是人类所造，用以表达观念，因此其中的缺陷不可避免。

然而在语言的使用过程中，人们也会有意无意地滥用语言，使世界上出现很多无谓的争吵和对抗。但洛克认为，如果人们加以注意，正确使用语言，便可大大地减少交流中的误会和理解中的困难。在现如今这个网络语言满天飞的时代，本书可谓是校正自我用语、减少沟通障碍的助力。

一 论观念

观念通论及观念的起源

1. 观念是思考的产物

每个人在思考时都能有所意识，思考便会产生观念。无疑，这些观念存在于人们的脑海中，一些可以用字词来表达，如“白、硬、甜、思、动、人、象、军、醉”，另一些则不能。那么我们首先要问，这些观念是如何产生的？我知道，人们普遍认为，人自落地那刻起，就带有观念和天性，这是与生俱来的。对于这个说法，我进行过仔细的研究，也解释了观念从何而来，以及这些观念通过何种方式以何种程度进入人的脑海。因此，对于观念和天性与生俱来的说法，我不敢苟同。我也希望每个人通过自身的观察和体验去验证我的这种说法。

2. 观念由感觉和反思而来

我们假设人的头脑如同一张白纸，没有任何个性和观念，那么如何才能拥有个性和观念呢？人们无限的幻想所充斥的琳琅宝库从何而来？理性与知识的原料又从何而来？对此我一句话便可作答——从经验而来。我们的知识基于经验也源于经验。我们观察到的，要么是外部的可感物，要么是我们自身察觉和反思得来的内在心理活动。观察带给我们思考的原料，加强我们的理解。这便是知识的来源，我们固有的及习得的观念都源于此。

3. 感觉的对象是观念的来源之一

第一，我们的感官在熟知一些特定的感知物之后，会通过多种方式，将几种对于事物不同的感知传递到我们的脑海中，因此我们就有了“黄、白、热、冷、软、硬、苦、甜”及其他一些观念，称为可感知性。我所说的传递到脑海的感觉，是指感官对于外部物体的感受。我们的观念大多源于感官，通过感官让我们理解。我把这称为“感觉”。

4. 心理活动是观念的另一来源

第二，观念的第二个来源是我们的心理活动。

心理活动也为我们提供观念，加强我们的理解。心理活动之所以是内在的，是因为它是我们的灵魂对已有观念的反思，而反思得来的观念是不能从外部事物上获得的。这些观念包括“知觉、思考、怀疑、相信、推理、认知、意愿”，以及我们头脑里的各种活动。对于这些活动，我们有所意识，并加以注意，从而形成自己的观念，进一步加强我们的理解。这和我们对外物的感知同理。这一来源是个性化的，虽然不是感官（因为无关于外物感知），但是形成却十分相似，因此可以称为内部感官。对于前一种，我称之为“感觉”，那么对于后一种，我就称之为“反思”，因为只有人们在反思时，才能形成以上观念。在本书以下的部分，我在提到“反思”时都是在指人们对内心活动的注意，因为只有对内心活动加以注意，才能形成有助于理解的观念。这两种来源，一则为外部原料，帮助人们形成感觉；一则为内心活动，促使人们进行反思。在我看来，观念只有这两种来源。我这里所提到的“活动”一词是广义上的，不仅可以理解为观念在头脑中的反应，也可以理解为由观念而引发的情感，如某想法带来的满足感或不安感。

5. 所有观念均源于二者之一

在我看来，对任何观念的理解，哪怕只有一瞬，都是源于以上两种途径之一的。外部事物在我们的头脑中形成不同的感觉；我们的头脑又通过心理活动的加工促进理解。

全面研究一下两种途径及其模式、组合和关系就能发现，它们涵盖了我们的所有观念，我们头脑中的所有观念无一不是源于二者之一。你可以联系自身，仔细审视自己的理解，告诉我在你自身的观念中，有没有源于感官及反思以外的。不管你脑中有多么丰富的知识，仔细分析下来，就会发现所有观念都源于二者之一，只不过人们的理解把它们无限组合并放大了。这点我们之后也会谈到。

6. 对儿童的观察

凡是仔细研究过初生儿的人都会认为，婴儿在坠地时是没有任何观念来帮助他们在今后形成知识的。儿童的观念是逐渐形成的。尽管很多观念显而易见，为人熟知，在他们记得时间和次序前就已经深植脑海，但是直到他们年龄稍长，开始拥有特定观念时，他们才记得幼时拥有过寻常观念，几乎每个人都是如此。如果想试验一下，可以强迫一个儿童保有很少的观念（即便是寻常观念）直至成年。然而儿童所处的世界有很多实体，这些实体以一种永恒且多变的方式影响着他们，不管他们愿不愿意，各种观念都印在了他们的脑海中。只要睁着眼睛，光和颜色就随处可见；声音以及形状一直刺激着他们对应的感官，进入他们的头脑。但是，如果一个儿童被置于一个只有黑白的地方，就算他长至成年，也肯定不辨红绿。同样，如果他小时候没尝过牡蛎和菠萝，长大了也就不能区分这两种食物。

7. 人们接触的事物不同，观念便不同

人们在外界接触到的事物种类越多，获得的观念就越多，反之亦然。同理，人们内心反思越多，获得的观念也越多。有时，尽管你十分关注自己的头脑活动，但得出的也只是简单清晰的观念。只有在你专注研究某一领域时，才能只关注这一领域的相关内容，而非对所有内容都加以留意。这样你就能形成关于风景画的特定看法，或者更加了解钟表的零件和运作。而那些对什么都感兴趣的人，则很难做到这点。他也许每天都会看见这幅画或这个钟表，但是如果不加以思考，不考察各个部分，就只能对它们有一个模糊的概念。

8. 反思得来的观念往往需要人们的注意，因此出现较晚

为什么儿童迟迟不能具有心理活动产生的观念呢？为什么有些人一生都没有清晰、完整的观念呢？

因为，尽管他们不断形成一些观念，但是如果没有对之加以理解，进一步探究，形成思考的产物，那么这些观念只能是表面上的，就不能产生深刻的印象或在脑海中留下清晰、明了、经久的观念。新生的婴儿周围充满了新鲜的事物，不断刺激着他们的感官，吸引着他们的注意力。他们不断留意新事物，更喜欢变幻的花样。因此，儿童初生之年注意力都消耗在了外部事物上。可见人们在年幼时会努力熟悉外部事物，在成长的过程中更多留意的是外部感觉，很少审视自身的观念，直到成熟一些才进行反思。但是，有些人终其一生也未曾反思。

9. 灵魂开始领悟时，才会产生观念

要问人的观念什么时候产生，就要问他什么时候开始领悟，因为观念无异于领悟。有人说灵魂总是在思考，只要灵魂存在，就会不断地领悟观念；还说灵魂必会思考，如同物体必有外延。如果这一说法是正确的，那么人们观念的起源就是灵魂的起源。这样说来，灵魂与其观念，物体与其外延就是同时存在的。

10. 没有证据证明灵魂一直在思考

灵魂同生命的雏形究竟是一前一后还是同时出现，这个问题留给专业人士解答吧。我认为自己的灵魂是迟钝的，因为我并不经常思考，我还认为思考的频率应该与物体运动的频率一致。在我看来，思考之于灵魂就如同运动之于物体，前者不是后者的本质，而是作用之一。因此，我们可以认为灵魂能够思考，但不能认为灵魂必须一直思考。不眠不休的造物者也许一直在思考，但这对于正常人来说，是不可能的。我们的经验告诉我们一个不争的事实：我们身体的某个部分有思考的能力。但是经验没有告诉我们，这个部分能不能不停思考。所以，说思考对灵魂来说必不可少、密不可分，正如不进行推理（必要的步骤）就要得出一个问题（并非不言自明）的答案一样。乍一听上去，每个人都认为“灵魂一直在思考”不言自明，但究竟是否如此，还需要大家去验证。比如我昨晚是不是彻夜思考，就是未知的。因此，我们如果把所争论的事情作为假设的论据，来证明这个问题，就犯了窃取论点之过。正如假设所有在走的表都在思考，认为这已经得到了充分的验证，就认为我的表走了一夜，也思考了一夜一样。但是不愿自欺的人应该将自己的假设建立在事实之上，并通过合理的经验验证，而不应将自己的假设当作事实。回到我彻夜思考的问题上，就等于不管我自己是否感觉到自己在思考，只因为有人假设我在思考，就得出我是彻夜思考的这样一个结论。

固执己见的人不仅会把不确定的事说成真的，甚至会把错的也说成对的。是不是有人会通过我的话推出，只要我们在睡梦中感觉不到某物，就证明它不存在？我不是因为在睡梦中感觉不到灵魂，就否认它的存在，而是认为，不管是睡着还是醒着，只要在思考，就会有感觉。这并不针对所有事物，但对于我们的思维，只要我们在思考，就一定会有感觉，除非哪天我们能在意识不到的情况下思考。

11. 灵魂不能随时意识到自身

我承认，醒着的人每时每刻都在思考，因为醒着就是指能思考。至于无梦的睡眠是否是身心合一的整个人的一种状况，则值得醒者思考。很难想象，一个事物可以思考，却意识不到。如果一个熟睡的人，他的灵魂是在思考的，自己却没有意识，那我就要问，这个思考过程中有没有愉悦或痛苦，能否感受幸福与不幸？我相信，他和他身下的床或那块土地一样，肯定感受不到。因为，既要感到幸福或不幸，又意识不到，在我看来是完全矛盾的，也是不可能的。如果一个人的灵魂可以在身体熟睡时去思考、享受，或是关注愉悦或痛苦，而他却意识不到，也不参与其中，那么醒着的苏格拉底和熟睡的苏格拉底必然不同。因此，他就成了两重的：一重是他熟睡时的灵魂，另一重是醒时身心合一的苏格拉底其人。因为醒着的苏格拉底并不知道也不关心熟睡时灵魂独自享受的幸福与承担的不幸，正如他不关心一个不认识的印度人的死活。如果我们完全意识不到自己的行动和感觉，特别是各种快乐和痛苦，以及由此产生的顾虑，就很难定位自我。

12. 如果熟睡的人能在不自知的情况下思考，那么熟睡的他与醒着的他便是两个人

有些人说，灵魂在熟睡时也能思考。因此，在它思考与感悟时自然可以感受高兴、苦恼和其他情绪，而且灵魂自身肯定也能意识到这些感受。但是这种说法并不全面，显然，熟睡的人是意识不到这些感受的。假设卡斯特睡着后灵魂出窍（这在这些人看来不无可能，因为他们认为其他动物虽无思考的灵魂，但也有生命。因此，他们也必须承认，身体离了灵魂照样可以生活，正如灵魂离了身体依然可以存在、思考，并感受幸福与不幸）、独立思考；又假设，他的灵魂可以自行选择思考的地点——另一个人的身体，比如波利克斯，他也在沉睡中，同样没有灵魂。这个地点是可行的，因为卡斯特的灵

魂既然可以在他睡觉时思考，卡斯特又意识不到，那么思考在任何地点都能进行。这样我们就有一个灵魂在两个人的身体间来回移动。我们假设这两个身体一睡一醒，互相交替。这样灵魂就在醒着的人身体中思考，而睡者对它所想的，全无意识、全无知觉。那么，卡斯特和波利克斯，既然共用一个灵魂，而一个的所知所感另一个浑然不觉，那么他们是两个独立的人吗？就像卡斯特和赫尔克里士，苏格拉底和柏拉图？会不会一人很幸福，另一人很不幸呢？如果二者独立，那么既然灵魂离开身体独自思考，而身体却没有意识，那么灵魂和身体也被分成两个个体了。这是不可能的，因为没有人会认为，人的同一性是由于灵魂与不变分子结合所致。如果分子不变是同一性的必要条件，那么由于我们身体中的分子每时每刻都在变化，每个人在前后两日或前后两时都不可能同一了。

13. 很难让那些睡觉不做梦的人相信，他们是在思考的

因此，我想，每一次打盹儿都能动摇他们的理论，即灵魂每时每刻都在思考。至少很难让那些睡觉不做梦的人相信，他们在睡着的几个小时里是在思考的，只是没有意识到。就算我们把睡梦中的他

们叫醒，他们也说不出自己在想什么。

14. 要说人在梦中是在思考的，只是不能记得，也是站不住脚的

也许有的人会说，就算人在熟睡，灵魂也是在思考的，只不过没有在记忆里存留。人在睡着的时候可能在不停地思考，醒了之后却可能一丁点儿都不记得。这种说法也很难让人相信，需要证据证明，不能空口无凭。谁能干脆地说，大部分人的一生当中，在睡梦中被人叫醒，会不记得自己在想什么。我认为，大部分人在睡觉时都不会做梦。我曾经遇到一位记忆力颇好的学者，他一向不曾做梦，只有在他高烧刚退才开始做梦，可是那时候，他已经二十五六岁了。我相信世界上还有很多这样的例子，至少每个人都认识几个睡觉不做梦的人。

15. 基于这一假设，睡者的思想一定是很合理的

如果我们经常思考，却没有一刻记得，就是无效思考。这样的思考如同镜子，很多图画和想法出现其中，却无一保留。它们消失不见，不曾留下任何印记。所以镜子就算有了这些观念也好不了多少，正如灵魂有了这种观念也好不了多少一样。也许有人会说，醒着的时候，思考涉及人身，这样对观念的记忆就留在脑海中，留下了思考过的痕迹；但是，

人在熟睡时，灵魂是独立于人身进行思考的，并没有涉及身体的各个器官，所以就不会记得思考过。不过要如此假设，就不得不荒谬地承认有二重人格；这一层我已经说过了，就不再提。就算假设二重性是存在的，假如灵魂可以在没有人身的帮助下进行思考，那么也能不靠人身保留住这些观念，不然灵魂或任何独立的精神进行思考就毫无用处了。如果灵魂不记得思考过什么，不能存留以备后用，不能在需要时回想起来，回忆不出之前的观念，不去利用之前的经验、推理和深思，那么思考的意义又是什么呢？这样说来，这些认为灵魂可以独立思考的人并没有提高灵魂的地位，同那些他们所谴责的、认为灵魂只是物质中一个微小部分的人没什么两样。随风而去的尘上字迹，在一堆原子上或动物的元气上印的印记，都是有用的，都可以使其主体高贵起来，正如转瞬即逝的灵魂之思，一旦离开视线，就永远消失了，不留一丝记忆。自然不造无用的精良之物。很难想象，我们全知的造物者赋予我们思考的能力，如此绝妙，几乎同她自身一般不可思议，竟是徒然与无用的，使我们一生中至少四分之一的思考毫无意义。审视一下就会发现，就连宇宙中随处可见的无知觉的物质运动，也不至于那样无用，甚至完全白费。

16. 基于这一假设，灵魂必有观念源于感觉和反思之外，只不过不得而见

无疑，也有例子证明，在睡觉时所得的观念是可以存留的。不过，对于那些熟悉梦境的人来说，不用我们告知，他们就自然知道这些观念是多么狂放、松散，多么残缺不全、条理紊乱。我很想知道，灵魂独立思考时是否没有在身体中思考合理。如果独立思考更不合理，这些人会说灵魂只有在身体中思考才能得出完整的、理性的观念。如果独立思考是合理的，为什么我们的梦境大多是破碎的、不合理的呢？为什么我们的灵魂没有存留下那些更合理的独语与冥思呢？

17. 如果我只思考，却不知道思考的内容，则他人更不可能知道

我希望那些有把握说“灵魂每时每刻都在思考”的人告诉我们，儿童在没有依赖感官获得任何观念时，在其灵魂与身体结合之前，或正在结合那一刻，他们的观念是什么。我想，梦境均是白天所思，只不过大部分都是胡乱拼凑而来的。奇怪的是，如果灵魂有自己的观念，而非从感官和反思而来（观念必然源于这两个途径，除非此前身体就有一定印

记），那么为什么私下思考（私下程度之大，以至于当事人都没有察觉）过后一点都不能记起，之后也没有因新发现而欣喜。如果观念不止源于感觉或反思，那么人在睡眠时，灵魂退出肉体思考长达数小时，而在如此长的时间里，观念却没有一点来自感觉或反思以外的途径，这是不合常理的。奇怪的是，在人的一生当中，灵魂从未记起自身形成的观念，也就是并非来自于人身的观念；而在人们醒着的时候，所有观念也都是由灵魂和肉体结合而生的。如果灵魂每时每刻都在思考，在与肉体结合之前或在从肉体处获得一些观念之前已形成自己的观念，就必须说，只有在睡着时，它才能记起自身的观点，只有当灵魂退出肉体独自思考时，形成的观念才是自然的、同质的，而非源于肉体的。既然人在醒了之后不再记得熟睡时的所思所想，那么从上面的假设中我们只能得出，要么灵魂能记得肉体所不能的，要么记忆只能保留源于肉体的观念，或是有关这些观念的心理活动。

18. 人们如何知道灵魂在不停地思考呢？既然这不是一个自明命题，就需要证据来证明

我很想知道，那些自信地宣称“灵魂在不停地思考”的人是怎么知道的。在他们自己都感受不到

的情况下，他们怎么知道自己在思考？恐怕他们的言论是在没有证据的情况下发表的，并没有真正去感知。只是用一个混淆的概念去支持这个假设，而真正的真理，不是不言自明，就是可以用常识证明。在这方面，他们顶多可以说“灵魂是在不停地思考的，只是记忆没有保留罢了”。但我认为，更可能的情况是，灵魂并不是每时每刻都在思考的；它思考的时间还没有不思考的时间长，甚至思考后的很长时间都意识不到曾经有所思考。

19. 一个人不可能此刻还在思考，下一刻就忘了思考内容

要说灵魂可以思考，而人本身不能，就等于说一个人拥有两个人格，这点我们已经讨论过。如果仔细考究一下这个说法，就会怀疑其正确性。因为，就我所知，这些声称灵魂每时每刻都在思考的人并没有说，人的肉体也一直在思考。灵魂在思考，而人的肉体却没有；抑或是人一直在思考却没有意识，这可能吗？也许这在别人看来简直是在胡说八道。要说人的肉体一直在思考，只是没有意识，就等于说人的肉体在缺少四肢的情况下可以延伸一样。顺着这个逻辑，可以推出一个人一直很饿，却感觉不到饥饿感。饥饿只在饥饿感中有所体现，正如只有

在意识到时才能称之为思考。如果他们说，有人能一直意识到自己在思考，那么我要问，他们是怎么知道的呢？意识只有当事人自身才能察觉。如果我觉得自己意识不到某物，那谁又能说我能意识得到呢？任何人的知识都没有经验多。比如叫醒一个熟睡中的人，问问他醒前那刻在想什么，如果他不记得自己刚才在想什么，那么告诉他答案的人一定是先知。那为什么不干脆告诉他，他刚才并没有在睡觉呢？这着实超越了哲学范畴，既然我并未觉察到自己的观念，那么定是神祇将我的观念告诉别人的。如果我本身都觉不到自己在思考，并且断言自己不曾思考，可是他们却能分明得知我的观念，那么他们一定洞见力极强。可是在狗或象表示出一切能思考的象征以后，那些人却仍然说它们是不能思考的。也许有人认为这超越了玫瑰十字会[1]（Rosecrucians），因为将自己的观念隐藏起来不为人所知似乎更为容易，而洞察他人自身尚不可知的观念则更难。但也不能仅仅把灵魂定义为一个能思考的实体。如果这个定义是正确的（虽然我不这么认为），那么很多人都会怀疑自己是不是真的有灵魂，因为他们生命中

1. 玫瑰十字会是中世纪末期的一个欧洲秘传教团，以玫瑰和十字作为它的象征。该会一直保持神秘，不为外人知晓。

的大半都是在没有思考中度过的。就我所知，任何定义或假设都不够有力到足以驳倒恒常的经验。也许是因为人们喜欢知道意识不到的事，所以世界上才有了这么多无用的争端和谣传吧。

20. 从对儿童的观察得知，所有的观念都源于感官或反思

我不相信，在感官给灵魂提供观念之前，灵魂就能思考。随着这些观念的积累与保留，人们才能在实际运用中提高思考能力，此后才能将观念整合，反思自己的心理活动，进一步积累观念，锻炼记忆、想象、推理与其他思考能力。

21. 人如果愿意通过观察和经验得到知识，而不是把自己的假设当作自然规律，会发现新生儿并不曾有多少思考，更别说推理了。但理性的灵魂通常不会思考过多而不去推理。初生的婴儿大部分时间都在睡梦中度过，饿了、疼了或是有其他强烈的感觉时，才会有所知觉，加以关注。如果看到这一层，就会认为母亲腹中的婴儿同植物无异，大部分时间都没有知觉，除了睡觉别无他做，也不需要寻找事物，因为他们周围满是轻柔的恒温的液体。他们可目不见光，耳不听声，其余的感官也不用感知其他纷杂。

22. 自儿童诞生那日起，便开始观察记录时间在他身上留下的痕迹。你会发现，由于感官的作用，他脑海中的观念越来越多，他也越来越清醒，思考得也越多。一段时间以后，他开始熟悉周围的事物，会对那些最熟悉的留下深刻的印象。这样，他逐渐认识同他交流的人，把这些人同陌生人区别开来。这也证明了他慢慢将通过感官得来的观念加以保留和区别。头脑就这样通过推理与反思，逐渐扩展、组合这些观念并将这些观念抽象化，从而增加自身的观点。我稍后还会提到这一点。

23. 如果有人问，人是从什么时候开始有观念的呢？我想，答案是，当他最初有感觉时，他就有了观念。既然在感官传输观念之前，头脑中都是没有观念的，那么当人有了感觉时，也就有了观念。因为感觉就是身体的某个部分有一定的印象或动作，从而产生一定的知觉。当我们的感官对外部事物有印象时，头脑才开始感知、记忆、考虑及推理。

24. 一切知识的来源

有时我们会反思自己的心理活动，反思那些由感官得来的观念，并对之加以保存，形成新的观念，我们将这称为“反思”。这些观念并不是我们的感官对外部事物的印象，并不是头脑所固有的。这些心理活动，由人自身产生，当人们开始反思的时候，它们也就成了反思的对象，也就是所有知识的起源。对于人类来说，最大的能力就是头脑可以接收观念，包括感官对外部事物产生的观念以及自身在反思这些观念时形成的新观念。这是人类探索世界的第一步，他后来自然而然所形成的一切观念，也是建立在这个基础上的。那些高入云霄，直达天际的深奥的思想也是基于此的。人的思考虽然玄妙，但头脑所想莫不是源于基本的观念，源于感官和反思。

25. 在接受简单观念时，理解大部分是被动的

在简单观念阶段，理解都是被动的，是否需要这些简单观念作为知识的原料不是我们能决定的。因为，不管我们愿不愿意，我们感官感受的对象中大部分都会将与之有关的观念印在我们的脑海中。而我们的心理活动也一定会让我们多少留下一丝关于它们的概念。当一个人在思考时，不可能完全没有意识。当头脑在接受这些简单观念时，理解是不能拒绝的，也不能改变或重造，就像镜子不能拒绝、改变或抹去它所成的像。因为我们周围的物体以各种方式刺激着我们的感官，所以头脑就要被迫接受一些印象，与之相关的观念也就不能避免了。

简单观念

1. 单纯的现象

要了解我们知识的本质、方式和限度，必须仔细研究我们的观念，既包括简单观念也包括复杂观念。

刺激我们感官的各种性质本身是混合的，没有分割、没有距离。但我们分明看到，这些通过感官得来的性质在脑海中形成的观念确实是简单而单纯的。尽管视觉和触觉同时来自同一个物体，但是却可以产生不同的观念。比如一根蜡烛，视觉上可以看到它在跳动，能看到它的颜色，而触觉上能感到它的柔软和温暖。这些简单观念都系于同一物体，却又彼此不同，就如不同感官产生的观念般分明。冰块给人又凉又硬的感觉，正如百合纯白带香，如糖之甘甜、玫瑰之芬芳。人对这些简单观念的认知是最清晰的。因为每一个观念本身都单纯而不复杂，现象和脑海中形成的概念始终如一，不会同其他观念混淆。

2. 头脑不能制造或销毁简单观念

这些简单观念是我们知识的原料，通过我们之前提到的感官和反思传输到我们的大脑中。一旦大脑对这些简单观念有了理解，就可以近乎无限地重复、对比和组合，也会产生很多复杂的观念。就连智慧非凡或理解力极强的人，就算思维敏捷多样，也不可能避开上面两种方式创造或形成新的简单观念。此外，理解力也不能销毁已有的简单观念。人类的统治，不管是在自己的小世界里摆弄自己的思想，还是在大千世界里处理有形的事物，都大同小异。不论他有什么奇招妙法，力之所及亦只是对手中那些现成材料加加减减，不能创造一丝一毫，也无法销毁一点一滴。同样，每个人也不能从感官（源于外物）和反思（源于心理活动）以外的来源获取任何简单观念。我想没有人能品尝到味觉不能分辨的味道，也没有人能闻到鼻子不能嗅出的气味。如果有人能做到，我想这无异于证明了盲人可以识别颜色，聋子可以分辨声响。

3. 因此，尽管我们都觉得除了上帝赋予我们的五种感官（人们常认为五种），不可能造出其他的感官了。我也认为，除了声音、味道、气味和其他可见可触的性质外，无论构成如何，物体中也不会再有其他性质了。如果人生而只有四种感官，那么我们应该不会想象或注意到第五种，就像我们现在有五种感官，就注意不到第六种，甚至第七种、第八种。在这无垠的宇宙当中，或许其他地方的生物有着其他的感官，这点猜测是我们不能否认的。人类不能妄自尊大，应该考虑世界的无限，并发现在自己所在之处也有无限精彩，这样也许就会认为，在宇宙的他处，也许会有未知的他类智能。我们无从了解，正如抽屉或者柜子里的小虫不能像人一样去感觉和理解。这正凸显了造物者的智慧。这里我遵从惯例，认为人有五种感官，也许不止五种，但这两种说法都能证明我的观点。

复杂观念

1. 复杂观念是头脑对简单观念的加工

上面我们也谈到了，头脑在接收由感官和反思得来的简单观念时是被动的，头脑也不能创造这些观念，它所形成的所有观念全部由这些简单观念构成。然而，虽然头脑在接收简单观念时是被动的，但也会发挥自己的能动性，将简单观念作为基础和原料，形成其他观念。能动性主要分为三类：（1）将几个简单观念合并为一个复杂观念；（2）将两个观念（简单或复杂）并列起来，同时观察，而不把它们合并为一；（3）将某些观念同其他关联观念分别开来，也叫作“抽象”。这样就得到了概括性的观念。这些过程都显示了人的能力及作用，在物质世界与思想世界都并无二致。因为在这两个世界当中，人只能将原料合并、并列或完全分开，不能进行创造或将其摧毁。在我们讲复杂观念时，我们先来看第一种作用，在适当的时机再引入后两种。观察发现，简单观念是会组合的，所以头脑也可以将几个简单观念合并起来作为一个观念去思考。简单观念的合并不仅是因为外部物体将他们连在一起，还有头脑的作用。由简单观念组成的观念称为复杂观念，比如“美丽、感激、人、军队和宇宙”。这些观念都是由简单观念结合而成的，或是说由简单观念构成的复杂观念。而头脑更倾向于把这些组合起来的简单观念作为整体，赋予它们一个名称，再进行思考。

2. 复杂观念自动形成

头脑可以通过重复和联合的能力，变更或增加观念，远比感官和反思得来的观念多得多。但说到底，这些观念还都是源于两种途径的简单观念。因为简单观念都由事物本身而来，头脑所获得的简单观念也仅限于此，不过也无异。同感觉性质有关的观念都源于感官，思考的对象也都源于本身。但是，在获得这些简单观念之后，不会仅仅去观察，而会将这些观念整合起来，形成新的复杂观念。这些联合而成的复杂观念，比头脑之前直接获得的任何观念都更紧密统一。

3. 复杂观念不外乎情状、实体及关系

不管怎样组合或拆分，复杂观念的数量和种类总是无穷无尽的，充斥着人们的思想。但是我认为，它们总不外乎三大类：情状、实体及关系。

4. 情状

首先，情状这种复杂观念不管再怎样组合都不可能自我生成，都依赖于一定的物体，比如“三角形、感激和谋杀”就是这样的例子。如果我这里用的“情状”一词同他处之意不同，请原谅。因为这个问题不可避免，这种情况下只能选用新词，或运用旧词的其他含义。我更倾向于选择第二种。

5. 简单及复杂情状

情状有两种，应该区别对待。一类是单纯的变量，只是同样简单观念的叠加，没有混入其他简单观念，比如“十二、二十”。因为只涉及一种简单观念，我把这一类称为简单情状。另一类由不同种类的简单观念组合起来，形成一个复杂观念，比如“美丽”，涉及颜色、形态及是否能给观看者带来愉悦；“盗窃”，是否隐瞒了对某物的占有，是否征得了所有者的同意。这一类涉及很多种观念，我称之为复杂情状。

6. 单一或集合实体

其次，一些实体观念是简单观念的组合，仅代表一些独立存在的特定事物。在这些事物中，那个假设的、含混的实体观念总是占据首要位置。就一个实体而言，我们有“灰白色的”这样一个简单观念，如果再附上几个条件，包括重量、硬度、延展性和熔性，就得到了“铅”。可以动的，有思想、会推理的形象就是“人”。另一些实体需要两类观念来定义，就单独存在的个体来说，我们有人和羊；就组合来看，便有了一群人和一群羊这样的集体概念。

7. 关系

最后一种复杂观念是关系，由观念的对比得来。关系包括几种，这里不做展开。

8. 最深奥的观念也源于这两种途径

如果我们追寻头脑思考的轨迹，仔细观察它是如何重复、增加及组合由感官和反思得来的简单观念的，我们将能获得更深层的结论。我相信，如果我们仔细留心观念的起源，就会发现就连那些最深奥的观念，不管它们看起来多么遥不可及，都是对源于感官和反思的观念的重复和组合。就连那些大而抽象的观念，如“空间、时间和无限”等都是如此。虽然看起来不好理解，但其起源都是感官或反思，都是我们的头脑运用最基本的功能，对简单观念的加工而来的。

关乎快乐和痛苦的情状

1. 快乐与痛苦都是简单观念

在我们通过感官和反思得来的简单观念中，痛苦和快乐是十分重要的两个。因为，就我们自身来说，感觉有时单纯，有时伴随着苦乐。所以思想或头脑的知觉也是或单纯，或伴有苦乐喜忧。这些观念同其他简单观念一样，是不可名状、不可定义的。与通过感官获得简单观念一样，要获知这些观念，只能通过经验。因为，用善恶来定义它们，只是让我们了解它们，让我们反思自身的观念，反思善恶的多样给我们带来的影响，而我们对它们的应用和理解也是千差万别的。

2. 善恶为何

要判断事物的善恶，只消看它给我们带来的是快乐还是痛苦。善，能给我们带来快乐或增加我们的快乐，消减我们的痛苦，也使我们获得善，保留善，去除恶。相反，恶，会产生痛苦，增加痛苦，消减我们的快乐，催生更多的恶，剥夺我们的善。要说苦乐，先要区分身体与心灵。但实际上，它们都是心灵的感触，或由身体的不适引起，或源于心中的想法。

3. 善恶影响我们的情感

善恶，同它引起的苦乐，都是带动我们情感的铰链。如果我们对自身加以反思，观察苦乐善恶在我们心中的活动，看它们带来了什么心理变化和内在感觉，就能形成我们的情感。

4. 喜爱

存在或不存在的事物给人带来的想法，使他在想起后感到愉悦，这种观念就是喜爱。一个人在秋天吃到葡萄，或春天吃不到葡萄时都称自己喜爱葡萄，是因为葡萄的味道使他愉悦。如果因为健康或身体的改变使他品尝不到葡萄的味道，他便不会再喜爱葡萄了。

5. 憎恶

相反，存在或不存在的事物给人带来的想法，使他在想起后感到苦痛，这种观念就是憎恶。在这里我们不妨来思考一下各种情感观念是如何由苦乐的各种变化生成的。可以说，我们之所以对无生命无感知的个体产生爱和恨，是因为我们在使用它们时产生了愉悦和痛苦。而我们之所以对能够感知到幸福与不幸的个体产生爱和恨，通常是因为我们在考虑它们的状态或幸福时会感到不安或愉悦。因此，如果一个人的孩子或朋友的状态和幸福能让他感到愉悦，那么他就是爱他们的。这足以证明，我们的爱恨只是普通的快乐和苦痛（无论如何产生）引起的心中之感。

6. 欲望

如果一个人在享受一件东西时感到喜悦，在它不见时感到不安，那么这种不安感就是欲望。欲望的大小要看这种不安感的强弱。这里，我们可以说，就算这种不安感不是人们勤奋与行动的唯一刺激，也称得上主要刺激。因为，不管一件东西有多么好，若人们没有在它不见时感到不悦或痛苦，就算没有它也很自得，就不会对它有欲望，不会想要得到它。如果只是单纯地想想，得不到也不会觉得不安，那么人们就不会采取有效大胆的行动去获得它，而只会想一想。如果获得的可能性不大，我们的不安感也会降低，那么欲望也会消失或减少。限于篇幅，这一点我们就讲这么多。

7. 欢乐

拥有或即将拥有一件东西给我们带来的喜悦，因为我们可以掌控它，随心所欲地使用它，这种喜悦之感就是欢乐。一个快饿死的人，在快领到救济金时，就算还没用上，已经很欢乐了。一位父亲在儿女幸福时会感到高兴，只要儿女幸福，他就拥有可以使他高兴的事，所以只要想一想，他就会感到愉悦。

8. 忧伤

如果一件东西丢了，使我们不能多拥有它一刻，那么在想到它时，便会感到一种不安，这就是忧伤。除此以外，当我们感到一种不幸，也会忧伤。

9. 希望

一个人在想到未来可能会拥有某件东西时产生的愉悦之感就是希望。

10. 恐惧

一个人在想到未来可能会降临在自己头上的厄运时产生的不安之感就是恐惧。

11. 失望

一个人在想得到而不能时，可能会觉得不安或痛苦，有时又感到平静或懒散，这种感觉就是失望。

12. 愤怒

一个人在被伤害想报复时产生的不安情绪就是愤怒。

13. 嫉妒

一个人在想到别人先于自己获得了一件自己想要的东西时产生的不安之感就是嫉妒。

14. 什么情感是所有人都拥有的

最后两种情感——嫉妒和愤怒，并不是所有人都拥有的，因为这两种情感并不是由我们自身的痛苦和愉悦产生的，而是涉及我们本身和他人，有些人并不会鉴赏自己的价值，也不会报复，因此也不会嫉妒和愤怒。但我认为，其他那些由痛苦和愉悦产生的情绪是所有人都拥有的。比如在“喜爱、欲望、欢乐和希望”中我们可以品味愉悦；在“憎恶、恐惧和悲伤”中会体验痛苦。虽然看起来情感总是源于苦乐，或者说苦乐总是同这些情感如影随形，但归根结底所有的情感都由事物引起。因此，我们会恨那些给我们造成痛苦的东西（至少是有感觉、有意志的主体），因为它给我们造成的恐惧是持久的痛苦。但是我们不会喜爱每一件带给我们愉悦之感的东西，因为愉悦并没有痛苦那么刻骨铭心，而且这种愉悦之感，将来也不一定会再有。不过这一点我们以后再讨论。

15. 苦乐为何

我所谈到的苦与乐、愉悦与不安，不仅仅是身体上的，还有精神上的，不管它们源于称心的还是不称心的感觉或反思。

16. 此外，在情感方面，痛苦的减少就等于愉悦的增多，同样，愉悦的消失或减少也是种痛苦。

17. 羞耻

人们的情感也表现在身体上，并引起身体的变化。但是这些变化并不明显，所以也不是各类情感必需的部分。如果做了不体面的事，或降低别人对我们敬仰的事，我们就会产生一种不安感，这就是所谓的羞耻。人在羞耻时，通常会脸红。

18. 举例说明情感源于感官和反思

不要误以为我在这章里描述了所有情感。情感的种类比我这里列出的多许多。而我上面列出的几类情感也应该进行更广泛、更准确的描述。我这里举的例子只是为了证明善恶会带来苦乐。或许我应该列举一些简单的例子来说明苦乐，比如饥渴引起的痛苦，以及吃喝可以去除痛苦，带来快乐；眼睛的干涩，悦耳的音乐；挑剔无理的强辩之苦，通情达理的交谈之乐以及有条不紊地研究发现真理之乐。但是上述的情感对我们来说更为重要，所以我列举它们，证明我们对于它们的观念由感官和反思而来。

充分观念和不充分观念

1. 充分观念指能完全表现其原型的观念

我们的观念有些是充分的，有些是不充分的。充分观念完全表现了它所代表的原型；不充分观念仅表现了它所代表的原型的一部分。在这方面，我们看到：

2. 简单观念全部为充分观念

首先，简单观念全部为充分观念。因为简单观念是物体的某些能力给我们造成的影响，是外力让它们给我们造成这样的感觉，所以这些观念必然和这些能力相对应、相契合，而且也符合外物的现实。比如，糖让我们觉得又白又甜，那么我们就相信糖有能力给我们带来这些观念，否则我们就体会不到这些观念。每一种感觉都对应我们的感官，这样产生的观念是真实的（不是头脑臆想的，因为头脑本身没有产生简单观念的能力），只能是充分的，因为观念和产生它们的能力相对应。因此，所有简单观念都是充分的。其实，事物的名称通常并不源于它们使我们产生的观念，而是源于它们本身带有的观念。比如，我们在触碰到火时会感到疼痛，因此火就有这种能力让我们产生疼痛的观念。可是我们却常说火光、火热，因为我们认为光和热真是在火中存在的，并不以为它们是火的能力，我们把这种观念称为火的“性质”。但事实上，这些性质也是一些能力，能使我们产生观念，因此，当我说外物中的次等性质，或是说外物使我们产生的观念时，你们应该知道我所说的只是一种能力。我这么说完全是为顺应通俗概念，方便他人理解。不过这些说法所指的都只是外物使我们产生某种感觉或观念的一些能力。如果我们没有合适的器官来接收火在视觉和触觉上给我们带来的印象，头脑不能产生火和太阳带来的光和热的观念，就算太阳持续照耀，埃特纳火山（Mount Aetna）一直高喷，世界上也不会有光和热的概念，就像如果人没有触觉就不会有疼痛的概念一样。我们对凝固、延伸和其终止以及形体的动与静都有观念，不论世上有无物体来感觉它们，它们都是实实在在存在的。因此，我们应当研究的是物质真正的变体，正是这些变体产生了我们身体的各种感觉。不过这种研究不属于我们讨论的范围，因此，我就不详细展开了。下面我讲一讲，哪些复杂的观念是充分的，哪些是不充分的。

3. 所有情状都是充分的

其次，我们关于情状的复杂观念，是我们头脑对简单观念的自觉组合，并未参照原型或现有样本，它们也都是充分的。因为它们不是实际存在的事物的样本，而是头脑形成的模型，使人们可以根据这些模型去将事物分类并命名，因此，它们不缺乏任何东西。每一个模型都有自身的观念集合，头脑将它们规划整理，并不会感到任何缺陷。如果我有一个观念，是一个图形，有三条边，相交于三个点，这两个条件就能让我有一个完整的观念，不再需要其他条件。头脑会认为这个观念是完整的，可以用“三角形”来表示。但是，我们对实体的观念却并非如此。因为，在模拟事物的真实情形，并且表示出它们的特性构成的结构时，并不能让自己形成的观念达到心理预期的那种完美程度，总觉得它们缺少一些应该具有的东西。所以，实体观念都是不充分的。不过，混杂的情状和关系是无迹可寻的模型，它们所代表的只是本身，因此也是充分的。比如，你预见到自己面临危险，毫无恐惧，泰然自若，而且能沉着地考虑应付的步骤，镇定地采取行动，不为危险所慑。如果你能想到这些情形，并且把这些观念合拢起来，你的心中一定会由此产生一个复杂观念。你设想的一系列步骤就是这个复杂观念本身，而且这个复杂观念包含的一切简单观念，也都是你心中所想，再无其他，因此这个复杂观念也是充分的。随后，你把这个观念藏在记忆中，命名“勇敢”，并向人表示这个观念。如果某种行动与这个观念相符，就称它是勇敢的。这样就有了一种标准，来衡量各种行动，并且冠以这种名称。这个观念既然本身就是模型，就必然是充分的，因为它并不与别的东西相参照，也不是由别的元素所形成的，只是依原创者的喜好和愿望而定的。

4. 若参照固定名称，情状就可能变得不充分

他人同你谈话之后学到“勇敢”一词，可能他对“勇敢”的定义与你不同，在使用这个词的时候，你们头脑里的观念也不同。此时，如果他自认为与你的观念相符，发音也一致，那么他的观念就很可能是错误的、不充分的。因为，在这种情况下，将别人的思考方式作为自己的思考方式，就如同将别人的说话方式作为自己文字和声音的模型一样，有所参照就会有所偏离，会导致观念的欠缺与不充分。在以某名称标记原观念（该名称原本代表的观念）及自己的观念（自以为与原观念相吻合）时，若自

己的观念与原观念不完全一致，那么自己的观念就是错误的、不充分的。

5. 因此，复杂情状观念在与他人的同名观念作比对时，可能出现偏差、错误、不充分。因为此时，它们的参照对象并非头脑设定的原型或模型。也只有此时，情状观念会出现错误、残缺或不充分。因此，在一切情状观念中，混杂情状观念最容易出现错误。不过这主要关乎表达得当与否，而非知识的正误。

6. 若参照实质，则实体观念也是不充分的

最后，要谈一谈实体观念，我在上面也提到过，实体观念有两个参照对象：（1）一类事物的实质；（2）头脑对实际存在的外物的再现。这种再现要借助于外物的性质在人们心中所形成的观念来实现。不管是哪种，这些对原型的复制都是残缺的、不充分的。

第一，人们通常会给实体命名，让这些名称代表一类实质相同的事物。这些名称只代表人们脑中的观念，而观念往往参照事物的本质与原型。人们通常认为各种实体都有其本质，每种实体的个体本质都相同（如果接受了欧洲的教育，更容易这样认为）。这是无须证实的，如果有人不这样认为，反而会被认为是异类。这样，人们通常根据不同的本质，

给不同的类别安上不同的名字。如果一个人自称为“人”，就是说自己有“人”的本质，如果你怀疑这一点，人们往往会见怪于你。但是如果你问起这本质究竟是什么，人们却又不知道。由此我们得出结论，他们脑中的观念，虽然参照本质，可是那些原型却不为人知，因此，那些观念必然不是充分的，毕竟观念并未反映原型。我上面也谈到了，复杂观念就是时常共存的简单观念的集合。但是这种复杂观念并不是任何实体的实质，否则物体的各种性质都会依靠于这个复杂观念，都可以由这个观念推出，我们也会知道观念与本质的联系。比如，从三条边围成的面积推出三角形的其他性质。但事实上，在我们的复杂实体观念中，并没有任何观念，可以为它们体现出的其他性质提供依托。人们认为“铁”有一定的颜色、重量和硬度，此外，“铁”还有一个性质，就是延展性。但是，这个性质同“铁”这个复杂观念并无必然联系。我们不能说“铁”的延展性依赖于它的颜色、重量与硬度，也不能说它的颜色、重量与硬度取决于它的延展性。但是，虽然我们不知道事物的本质是什么，却总把某些性质划为本质。比如，许多人断定，我手上戒指的原材料必须具备特定本质才是“黄金”。这一本质包括特定的颜色、重量、硬度、易熔性、形定性、接触水银后颜色变化等性质。我试着去探寻这一本质，却发现根本找不到。我力所能及的顶多是假设它仅是一种物体，而该物体的各种性质取决于它的本质或内部构成，这些性质包括形状、大小和组成。而我对于这些性质并没有清晰的认识，因此，我对本质也没有任何概念，而正是这本质决定了黄灿灿的、比同体积的物体重的、遇水银变色的物体为"黄金"。如果有人要说，决定事物性质的本质及内部构成并不是上面提到的形状、大小和组成，而是别的"特殊形式"，那我就更不能理解了。因为，对于前一种说法，就算我不知道事物的形状、大小和组成，不理解为什么上面描述的事物不是我用来削铅笔的东西，而非得是我手指上戴的东西，但至少我还能有所参照。但是，如果有人告诉我本质并非形状、大小和组成，而是所谓的"实体的形式"（我必须声明，对于"形式"这个词，除了它的读音，我一点概念都没有），那么这将对我了解事物的实质或构成毫无帮助。我不仅对这种特殊物质的实质一无所知，对其他自然物质的实质也一无所知。不仅我是如此，我相信，其他人也是如此，只要仔细审视一下他们的知识就能发现这点。

7. 既然如此，当人们给我手指上的这块东西命名“黄金”时，他们难道不知道这是对拥有同样实质的一类东西进行命名吗？如果知道（看起来也确实如此），那么这一名称所指的必然是这类事物共有的实质，因此，人们所形成的观念也应该关于名称所代表的实质。不过，既然使用这个名称的人本身都不知道实质究竟是什么，那么他们的实体观念肯定是不充分的，因为我们原以为观念中包含事物的本质，实则不然。

8. 如果把实体观念看作性质的集合，那么它们也是不充分的

第二，有的人认为，设定一些不可知的本质来区别各种实体是没用的，因此便忽略了这点，而试图把各种实体中共存的可感性质观念组合起来，以模拟各种实体。尽管这些人比上述那些人（他们认为实质是存在的，只是他们不知道）更接近于实体的真相，但就算他们想把实体的观念复制在心中，他们的观念也不是完全充分的；而且那些副本也不能精确地、充分地把它们原型中所有的观念都包括进去。因为我们复杂观念的来源（即这些物体的性质和能力）是复杂多样的，而我们的复杂观念却不能如此包罗万象。显然，我们抽象的实体观念并不

能包括事物本身共存的一切简单观念，因为人们很少把他们所知道的一切简单观念都放入复杂的实体观念中。他们想让事物名称意义尽量简明，所以在形成实体观念时，常常只采用其中的少数简单观念。然而，所采用的简单观念和那些未被采用的简单观念相比并无优越性，两种情况之下，我们的实体观念都是不足的、不充分的。形成复杂实体观念的那些简单观念，除了某些物体的形状和体积之外，通通都只是一些能力。这些能力是与其他实体相关联的，因此，我们永远不能保证自己知道某物体的所有能力。因为要想知道它的所有能力，必须以各种方式，让它和别的实体接触，看能发生什么变化。就某一实体而言，这都不能实现，更别说所有实体了。因此，我们不可能通过探究一个实体的所有性质来获得充分的观念。

9. 任何人初次见到“黄金”时，都不能合理地从这块东西的体积和形状推断出它的本质和内部构成。因此，他对“黄金”观念的理解中，也不包括这些性质。他会率先把这种物体的特殊颜色和重量抽象出来，形成关于这种物体的复杂观念。不过这两种性质只是两种能力，一种能力以某种形式刺激我们的视觉，让我们产生黄色这一观念；另一种能力即可以抬高天平另一端的同体积物体。此外，还有易熔性及形定性，这是被动的能力，当火在黄金上施动时，黄金就会展现这两种特性。黄金在王水中还具有延展性和可溶性。这两种能力也是同其他实体的作用相关的，它改变了外形并且分解成不易察觉的部分。这些性质加起来通常使人们形成一个复杂观念，让我们推断出这种物质就是“黄金”。

10. 只要你大致或具体思考过这个物体的性质，就不会怀疑，我们所谓的“黄金”，有无限种性质尚未包含在上述复杂观念之内。我想，更精准地研究过黄金的人所提出的性质能达到上述的十倍之多，而且这些性质都和黄金的颜色和重量一样，与内部构成密不可分。如果有人对于金属的知识更加丰富，也许能提出百倍之多的性质。但是，这些性质也许仅仅是黄金所有性质的千分之一。因为，实验过就知道，金属与不同物体发生反应产生的变化超乎我们的认知，甚至超乎我们的想象。只要想一下，就会发现我所说的是正确的。不说复杂的，只要看一下再简单不过的三角形，就能发现虽然数学家已经探索出了它的很多性质，但是还有更多有待发现。

11. 综上所述，我们的复杂实体观念都是不完整、不充分的。对于不同的数学图形来说，我们可以把它们同其他图形对照，得出具体性质，但结论同样如此。比如，如果我们只了解椭圆形的几个性质，那么我们对椭圆形的观念将是十分不确定、不完整的。但反过来说，我们如果了解这个图形的本质，就会发现它的各种性质，并见证它是如何体现这些性质，如何与这些性质密不可分的。

12. 简单观念是模本，而且是充分的

因此，头脑中有三种抽象观念，或者说名义上的本质。

第一，简单观念，即模本，是完全充分的。简单观念意在表达一种能力，即某种事物给我们带来某种感觉的能力，因此，某种感觉的出现，一定是某种能力的结果。我写字用的纸张，在日光下（普通意义上的日光）给我带来的感觉就是“白色的”，这就是头脑以外事物能力的结果，因为头脑本身并没有形成观念的能力，所以这一感觉仅仅是上述能力的结果。因此，简单观念都是真实的、充分的。我脑中形成的“白色的”感觉，是纸张能力的结果，这种感觉同纸张的能力相符，不然纸张的能力会让我形成其他观念。

13. 实体观念虽然也是模本，却是不充分的

第二，复杂实体观念，虽然也是模本，却是不

完全、不充分的。显然，即使头脑把任意物体中的简单观念都集合起来，也不能确保这些观念就是这一物体的全部。因为这些观念不涉及与其他物体的作用，不涉及其他物体给该物体带来的改变，或该物体给其他物体造成的改变，所以我们不能获取与该物完全相符的主动及被动的性质。因此，对于任何物体，我们都没有充分的复杂观念。退一步说，即便我们能在复杂观念中精确地把任何实体的所有第二性质（或能力）集合起来（或者已经精确地集合起来），也不能获知该物的本质。因为，我们所观察到的能力或性质并不是该物的本质，而是本质的体现，所以不管这些性质是什么，它们的集合都不是事物的本质。由此可见，我们的实体观念是不充分的。此外，人们既没有全面的实体观念，也不知道实体的本质究竟是什么。

14. 情状观念和关系观念都是原型，都是充分的

第三，关于情状和关系的复杂观念都是原型，并不是副本，也不是追寻实体之迹而来，人们并没有期望它们和一个模型相吻合或精确地对应。它们是简单观念的集合，头脑将它们组合在一起，各集合中的内容正是头脑所想，因此，它们本身就是原型和本质。它们为这些情状而设，又存于这些情状，

因此，只要这些情状存在，就会和这些复杂观念精准相合。因此，情状观念或关系观念都是充分的。

观念的正误

1. 只有命题才分真假

按照用语搭配，真假只能形容命题，但是有时也用来定义观念。因为我们看到，人们在用字时，都很随便，都容易偏离它们严谨的、原本的意义。不过我仍觉得，我们在定义各种观念的正误时，常以不言而喻的命题为基础。只要我们考察一下它们被定义为正误的具体场合，就能发现这点。在这些场合中，我们都能发现一些支持或否决它们的理由。因为我们的观念只是我们头脑中的现象或知觉，所以我们不能说它们本身是正是误，就像我们也不能就一件东西的名字判断正误一样。

2. 哲学中的“正”通常内含默认命题

如果“正”是哲学范畴上的，那么观念和文字都可以为正，正如其他事物，存在即为正。不过即使在哲学意义下，也许我们谓之“正”的事物也不自觉地参照了我们的观念，并且以观念为“正”的标准。这种参照正是一个心理命题，只是我们不常注意它罢了。

3. 如果我们只把观念当作头脑中的一种现象，则观念没有正误之分

但是我们这里探讨的“正”，并不是哲学意义上的，而是普通意义上的。那么，我们头脑中的观念，都是一些知觉或现象，都不是错误的。我们头脑中关于人马兽的观念并没错，正如我们口里说的、纸上写的人马兽都没错一样。因为，正误源于心里或口头上的证实或证伪，所以除非我们的头脑证明或否定我们的观念，否则它们是不能被定义为“误”的。

4. 观念若比对别物，则可分正误

当头脑中的观念同外物作对比后，便可判断正误。因为对比过后，头脑会默默判断观念同外物是否一致。判断得出的一致与否也决定了观念的正误。判断通常有如下几种：

5. 人们通常会参照别人的观念、实体或判断的本质

第一，当头脑判断观念是否与他人的观念一致，有相同的命名时，观念就有了正误。比如，当头脑中关于正义、节制、宗教的观念，与他人关于这些词的观念相同，便会认为他们的观念是正确的。

第二，当头脑判断观念是否与实体一致时，观念就有了正误。因此，人和人马兽这两个观念是关于实体的，前者同实体相一致，后者不一致，则前者是真实存在的，后者是虚构的。

第三，当头脑将观念同物体的实质相对比时，因为物体的大部分性质都存于本质，如果观念和本质不一致，就是错误的。

6. 人们为何要进行参照

头脑经常会不自觉地对观念作出判断。但是，如果我们仔细观察便会发现，这些判断多涉及抽象的复杂观念。因为，头脑的自然趋势是获取知识，如果只关注具体事物，则进程过慢，工作过多。所以，为了走捷径并且使各种观念更加全面，就要扩充知识的基础，第一步就是通过自己思考或同别人交谈，把知识打包分类，并合理地把从某一事物上获取的知识推广至同类事物，这样就在重要任务（获取知识）上有了长足的进步。这也就是我们总是把具体事项归在概括性的观念之下分门别类的原因。

7. 如果我们仔细考察一下头脑的思考方式，再看一下它获取知识的方式，就能发现头脑获得观念后，不管是用于思考或是交谈，首先会把观念抽象化，给它命名，然后储存在记忆中，并认为观念包含着这类事物的本质，并且永远用这一名称标记它。因此，我们就会发现，当人们看到一个不认识的事物时，首先会问那是什么，问的也只是事物的名称，似乎知道了名称就认识了这类事物或了解了它们的本质。这是因为，人们在命名时就是依据本质来命名的，并且常假设这名称同本质相关。

8. 头脑中的抽象观念介乎实体与其名称之间。我们的观念既包含了正确的知识又包含了妥善明了的表达。因此人们便想当然地认为，这些抽象的观念同它们所指称的实体是一致的，同它们常规语言命名也是一致的。因为，如果没有这两个一致，人们在自行思考时就会出现错误，在同别人交谈时也会毫无意义。

9. 虽然简单观念与其他同名观念相对照可能为误，但它们为误的可能性最小

第一，如果用别人的同名观念来衡量我们自己观念的正误，那么两者均可为误。但是简单观念为误的可能性最小。因为，一个人通过自己的感官和每天的观察，很容易便可了解通用的各种名称所代表的那些简单观念。而且因为简单观念数量少，所以即使遇到疑问和错误，也能借助观念所寓托的事

物进行更正。因此很少人把简单观念的名称弄错，把绿色说成红色，把苦说成甜。更少有人混淆不同的感官名词，把颜色说成味道。因此人们对于简单观念的命名往往相同。

10. 由此来看，复杂情状观念最易出错

复杂情状观念最易出错，比复杂实体观念出错的可能性更大。因为实体（尤其是语言中的自成词而非外来词所指的实体）中有一些可感性质，把它们和其他实体区分开来，而且只要人们在说话时稍加留意，就不至于把相应的名称应用在不相干的实体上。但是复杂情状却不好界定，比如正义或残忍、自由或挥霍。所以，当我们把自己的观念同他人的同名观念作对比时，可能会发现自己的观念是错误的，而被我们命名为“正义”的观念，可能应该有其他的名称。

11. 就算不是最易出错的，至少也更容易出错

与其他观念相比，不管我们的复杂情状观念是不是更容易与别人心中的同名观念不一致，至少可以确定，相较于其他观念，复杂情状观念更容易出错。比如，如果一个人对正义、感激或光荣的理解是错误的，只能因为他对这几个词的理解与别人不同，而别无他因。

12. 复杂情状观念容易出错的原因

因为复杂情状的抽象观念是人们对简单观念的整合，所以每种物质的本质也是由人定下的，除了人们对它们的命名外没有其他标准。因此我们没有其他方式来界定和比照复杂情状观念，那些能正确应用这些名称的人心中的观念就是我们仅有的标准。所以我们观念的正误就要看能否同他们的观念相一致。观念名称的正误问题，我们就讨论到这里。

13. 如果把实体作为参照，那么除了实体观念以外，我们的观念都是正确的

第二，如果参照实体，把实体作为观念正误的标准，那么除了复杂实体观念，其他观念都是正确的。

14. 首先，在以下情况中，简单观念是正确的及其原因

第一，简单观念是我们凭借着与生俱来的能力所接受的一些知觉，而且这些知觉也是外界事物依照自身的能力，依"道"而生的（虽然我们不谙此道，但这道却合乎上帝的仁慈和智慧）。因此，这些观念的正确度就源于它们给我们带来的印象，又因这些印象必然符合外物的能力（否则我们也不会有相应的印象），所以这些简单观念即由这些能力产生，因此是正确的。此外，很多人认为简单观念就是事物

本身，所以也不太可能出错。因为造物者凭借智慧，已经给它们做上标记加以区分，好让我们能把它们区分开来，选取自己需要的。所以，不论我们认为蓝色存在于紫罗兰中，还是我们心中虚构的，都不能变更这一简单观念的本质，即蓝色的产生是由于紫罗兰本身的组织质地对阳光的反射。正是由于这种不变的本质，使我们能够凭视觉把这种事物同其他事物区分开来，不论帮助我们区分的标记是紫罗兰中各部分的特殊组织，还是颜色本身。因此，不论是这种颜色，还是能让我们产生这一观念的特殊组织，我们都称为“蓝”。因为“蓝”只是一种区分标记，表示我们的双眼在紫罗兰中所见的颜色，至于“蓝”由何组成，我们就不得而知了。就算知道，对我们也没有用处。

15. 每个人对蓝色的观念不尽相同也无妨

即使我们器官结构不同，导致不同人对同一事物的观念不同，比如一个人看紫罗兰得出的观念与另一人看金盏花得出的观念相同，我们的简单观念也不太容易出错。因为一个人不能透过另一个人的身体去看这些器官产生的印象是什么，所以也就不能将两者产生的观念进行比较，得出对错。只要含有紫罗兰的特质，就能使人产生“蓝色”的观念，只要含有金盏花的特质，就能使人产生“黄色”的观念。不管这两种表象究竟给他们带来什么印象，他们都结合现象，加以区别，取己所用。他们总可以同别人一样区别两种花产生的“蓝”“黄”的表象和这两种颜色在脑中形成的观念。我猜想，任何事物给不同人带来的观念总是相近的。我有很多理由支持这一想法，但这不是我们现在谈论的问题，我就不赘述了。就算反对观点得以证实，也无益于我们知识的增加或生活的便捷，所以也就不用费力考察了。

16. 首先，在以下情况中，简单观念是正确的及其原因

据前所述，若参照我们身边的外物，则简单观念均为正确的。因为我们所见的现象和脑中的知觉都由外物而来，通过我们的感官，让我们形成一定的印象。因此，我们对它们的印象同它们产生这些现象的能力是一一对应的。所以，这些观念不可能出错。“蓝”或“黄”，“甜”或“苦”，这些观念永远不会出错，因为这些观念都是对事物最真实的反映。也许名称的应用会出错，但是观念本身是不会出错的，比如一个不懂英文的人，把“紫”这个单词误说成“红”。

17. 其次，情状也是正确的

第二，若复杂情状观念参照实体本质而形成，则不会出错。关于情状的复杂观念，并未参照自然之物，所以复杂观念所包括的，仅仅是关于这一情状的观念，别无其他。比如，某人有财产有权位，可以衣食无忧、生活安逸，但他却从不恣意吃穿挥霍。如果我看到他，那么我对他的行为所产生的观念，一定不会是错误的。因为我的观念只是对他行为的反映，无所谓正误。但是当我用“节俭”或“美德”来形容这一行为时，也许就是一个错误的观念。除非这一行为与“节俭”在言语适当的情况下所属的观念一致，且符合定善恶的法则。

18. 最后，实体观念何时是错误的

第三，我们的复杂实体观念，虽然参照实体本身，但也可能出现错误。无疑，如果实体观念所代表的是不可知的本质，则观念必然是错误的。但是我们如果认为这些实体观念是人心中一些简单观念的集合，认为它们由事物中常存的简单观念集合而来，并且假设它们就是这些模型的副本，它们便成了错误的观念。（1）当人们将现实生活中没有联系的简单观念加以组合时就成了错误观念。比如，马的形象和大小加上犬吠，三者无论怎么组合都没有联系，硬组合在一起就是关于马的错误观念。（2）如果将原本结合的简单观念之一剔除，掺入另一个简单观念，形成的整体实体观念也是错误的。比如，黄金的性质有延展性、硬度、易熔性、一定重量和黄色，如果加上铅或铜的固定性就会形成错误的复杂观念。加上其他简单观念，比如绝对固定性，也是错误的。因为在这两种情况下，黄金这一复杂观念虽由简单观念组成，但这些简单观念却不能统一，所以这一复杂观念就是错误的。但是，如果去掉固定性这个条件，或者把这个条件与其他条件分开，那么这个复杂观念就是一个不充分、不完全的观念，而不是错误观念。因为，虽然这个观念包含的因素并不全面，但其他观念可以统一共存。

19. 正误常伴随着确认与否决

尽管我已经从普通意义上讲了观念在何种情况下、基于何种基础上为正或误，但是如果我们仔细研究一下各个情况，就会发现我们所认为的正误都源于头脑对各个情况作出的判断。因为正误一定伴随确认或否决，这种确认或否决可能是明白表示出来的，也可能是隐含起来的，当标记同它们所代表的事物相吻合时则为正，否则，则为误。我们常用的标记就是观念或语言，形成心理命题或语言命题。

若标记的分合同它们所代表事物的分合相一致，则为正，反之，则为误，这一点我们将在之后讨论。

20. 观念本身无所谓正误

我们不能仅仅依据观念是否同实体或他人的观念一致就判断一个观念的正误。因为，如果这些标记中的一切都在事物中存在，切切实实代表了这一事物，则观念不可能为误。但是，就算标记同现实中的事物不同，我们也不能断定它们就是错误的，因为它们可能原本就没有代表这些事物。不过，以下几种情况的确是错误的：

21. 首先，当我们认为心中观念同他人相一致，但其实却不一致时，观念为误

第一，如果头脑形成一个观念，认为此观念与他人的同名观念相一致，或认为此观念与这名称所指的定义一致，但实际上却并非如此时，观念为误。这种情况在复杂情状观念中最为常见，但其他类别的观念也有此情况。

22. 其次，当我们认为心中观念同实体一致，但其实却不一致时，观念为误

第二，如果一个复杂观念由一系列简单观念组成，并认为它与一类真实存在的事物一致，而自然中却并不存在这种事物，这种情况下，观念为误。

比如，把黄金的颜色、熔性与固定性和锡的重量混合。

23. 再次，当我们认为心中的观念充分，但其实却并不充分时，观念为误

第三，有时一个复杂观念包含很多简单观念，这些简单观念确实存在于很多类事物中，但是这一复杂观念的概括并不完全，所代表的事物中还有其他不可分割的元素，这时，这一复杂观念便不充分。比如，若将黄色、延展性、重量及熔性这几个元素组合，便推断出这是黄金这一复杂观念，却忽略了黄金必有的特定固定性及溶于王水的性质，那么得出的黄金这一复杂观念即不充分。

24. 最后，若认为观念能代表本质，则观念为误

第四，如果一个复杂观念仅包含事物本质表现出的部分性质，而我们却认为这一复杂观念包含了它本质的全部，那么我们就犯了更大的错误。这些部分性质是该事物主动或被动与他物接触时表现出的性质，多为人们熟知，所以人们便形成了对该事物的复杂观念。与人们在尝试和检查后得到的性质相比，这些性质仍是少数；就算该事物方面的专家，了解的性质和事物真正的本质相比也是冰山一角。三角形的本质虽然较简单，仅包含少数观念，即三

条边围成一个空间，但是这一本质所表现出的性质却数不胜数。所以，就算事物本质较简单，体现出的特征也是无穷无尽的。

25. 观念何时为误

如果人们对身外的事物并无概念，但是通过自己设想，可能会形成一些观念（人们可以对这些观念随便命名），这些观念可能既不与事物的本质一致，也不与他人的观念一致，这时观念可能是错误的。但是，如果人们的观念仅仅是关于内心的事物，那么观念不可能出错。比如，如果我在人的身体和四肢上安上马的头和脖子，我所形成的这个观念因为只代表我内心的事物，所以不可能是错的。但是，如果我把它叫作“人”或“鞑靼”（Tartar），并且认为它代表外界的一种真实的存在，或认为它与他人的同名观念是相同的，那么我就错了。这种情况下的观念就是错误的，并不是说观念本身是错误的，错的是隐含的心理判断，即这一观念所指的就是与它一致的某事物。但是，如果我只是在心里设定这个观念，而不把它与某个实体或名称（即“人”或“鞑靼”）对应，而是自己给它命名，那么我就只是给它假设了一个名字，并不是我的判断或观念出错。

26. 把这类观念称为正误更为合适

总体来说，当我们在思考自己的观念时，不管是参照它们名称的所指，还是参照实体，在看它们能否契合时，还是用正误来表示更为合适。如果有人非要用真假来表示，也无妨，毕竟这是个人自由。只不过我认为当观念中包含心理命题时这样表达更为合适。一个人心中的所有观念，就其本身来看并无错误，只有把不一致的部分堆到一起，形成的复杂观念才是错误的。其他一切观念本身都是正确的，而且我们关于它们的知识也都是正确的、真实的知识。但是如果我们把它们同某事物（它们的模型和原型）相对比，结果却不相符，那么它们就成了错误的。

↣ 论文字

文字或语言通论

1. 人类生而能发清晰可辨之音

上帝造人为好交际之物，使其需要并倾向于与同类为伴；此外还赋其语言，用于交流，连接社会。人生而能发清晰可辨之音，谓之“文字”（words）。然而，这并不足以形成语言。因为鹦鹉等其他一些鸟类，在调教下也能发出清楚的声音，但是它们却不能使用语言。

2. 文字是观念的符号

除了要有清晰可辨的声音之外，还要把这些声音作为内部观念的符号，代表头脑中的观念。只有这样，观念才能明于他人，得以传达。

3. 文字须具概括性

然而上述两点性质并不能保证文字尽其功用。把声音作为观念的符号还不够，只有当这些符号能概括一类特定事物时，才能使语言尽其功用。因为，如果每种事物都需要特定文字表示自己的名称，那么文字的使用就会过于繁杂，失其功用。要去其繁杂，语言就要增加概括性词语，使特定文字可以代表一类特定事物。文字可以代表一类观念，这也是文字的优越之处。概括性的名称表达的观念也是概括性的，而某单一观念也有具体名称来对应。

4. 除了用文字来代表观念，人们还用文字来表示简单或复杂观念存不存在。比如拉丁语中的无（Nihil），在英语中就是无知（ignorance）和无益（barrenness）。我们不能说否定词无关观念，这样它们就成了毫无意义的。实际上，它们关乎肯定词，只是肯定词的否定形式。

5. 文字终归源自可感观念

只消看一下我们对于一般性可感观念的依赖，就能认识到我们各种概念和知识的起源。我们还应该看到，很多文字表达的观念及行为虽然并非感官，但也是源于感官的，也通过显而易见的可感观念转换为更加深奥的含义，用以代表那些感官所不能认知的观念，比如想象（imagine）、领会（apprehend）、理解（comprehend）、坚持（adhere）、猜想（conceive）、灌输（instil）、厌恶（disgust）、扰乱（disturbance）、宁静（tranquility），等等。这些词都源于可感事物，并适用于特定的思考形式。灵魂（spirit），最基本的意思是呼吸，天使（angel），原本的意思是使者。我确信，如果我们追本溯源便会发现，在所有语言当中，即便事物的名称并非代表可感物，它们也定是源于可感观念的。因此，我们可以猜想，最初创造语言的那些人心中所有的概念都是什么样的，它们源于何处。也可以猜想，自然在命名事物时，也在无意中暗示了人们，他们知识的来源和法则。因为，人们在命名他人所能感知的自身行为时，或在命名不为感官所察知的观念时，爱借用普通熟知的感觉观念，来使别人能感其所感，而表面无敏感变化。待这些行为的名称为人共知后，就能表示他们的心理活动，也能通过文字很好地描述他们的其他观念。因为这些观念仅包括外在可感观念及内在心理活动。我们上一章也谈到了，我们的观念仅源于外部可感物及内部可意识的心理活动。

6. 分配

为了更好地理解语言在教育和知识方面的效用及力量，我们还要考虑以下几点：

一、在使用语言时，各种名称之应用。

二、既然所有的名称（除了固有名词）都是概括性的，并不代表单一特定事物，而是某种事物，那么随后我们应该考虑，这些种类中究竟包括什么？只有考察过后，我们才能正确使用文字，得出语言的天然优势及劣势，并在文字发生指称模糊不清时进行补救，避免不便。否则，我们就不能对知识进行清晰有序的讨论。因为知识关乎命题，通常为最普遍的命题，所以知识与文字的关联远远超乎人们的想象。

我们将在下一节进一步考察。

文字的缺陷

1. 文字用以记载思想和交流思想

通过前节所述，我们很容易便可得出语言的缺陷，而且也由于文字含混不清的本质，导致这一缺陷不可避免。要看文字是否有缺陷，首先要看它们的功用和目的。因为文字的完善程度取决于是否能利用文字达到目的。文字有两大功用：

一、记载思想；

二、交流思想。

2. 所有文字均可用于记载

第一，任何文字均可记载思想，帮助我们记忆，正如自说自话。如果说声音这种符号与观念本身没有任何必然联系，那么以此类推，我们也可以使用任意文字表达自己的观念。如果一直使用同一词语表达相同的观念，那么此时文字就没有缺陷。因为我们用这些文字表达了自己的意思，此时文字的使用就是正确的、无缺陷的。

3. 用通俗的和专业的文字交流思想

第二，文字交流思想之功用，也分两层。

一是通俗用法，二是专业用法。

一、通俗用法涉及普通谈话和商业中所用的文字，通常关于日常事务和人们的生活琐事。

二、专业用法包括准确传达概念，用普遍的命题表达确信无疑的真理，使人们在寻求真理时有所依附，感到满意。

这两种用法区别甚大，后者比前者精准得多。下面我们将进行介绍。

4. 文字的缺陷在于指称不定

在交流中，理解是语言的最终目标。不管是在通俗层面还是在专业层面，如果文字不能使听者心中激起与说者心中相同的观念，那么文字就没有达到这一目标。既然声音与我们的观念没有必然联系，而且它们的指称都是我们任意强加的，那么它们的含混不清和缺陷，多半是源于它们所代表的观念自身，而不是由于此声音比彼声音更能表示那些观念，因为所有声音同样完善。

所以，一些文字比另一些文字更含混不清，通常是它们所代表的观念的缘故。

5. 文字存在缺陷的原因

文字本身没有意义，但是，如果我们要想和别人交流思想、进行交谈，就必须学习并记下文字背后的观念。但有时这并不容易，如：

一、文字表示的观念十分复杂，多由很多不同观念组成。

二、文字表示的观念同自然之物并无固定联系，也没有确定的标准对之进行修订和校正。

三、文字的意义需同一个鲜为人知的标准相参照。

四、文字的所指同事物的本质并不完全相同。

这些困难发生在可了解的文字意义方面。至于那些不可了解的文字意义，我们此处将略过。比如由于机能原因不能了解代表简单观念的名称，比如盲人对颜色名称没有概念、聋子对声音名称没有概念等。

在以上几种情况中，我们都能发现文字的缺陷。随后我将主要解释文字应用于各种观念时出现的缺陷。如果仔细考察，就会发现，复杂情状名称的含混和缺陷多由于前两种原因，实体名称的缺陷多由于后两种原因。

6. 复杂情状名称含混不清多由于它们代表的观念过于复杂

第一，复杂情状名称的意义多含混不清。

原因一：它们表示的观念构成复杂。文字要达到交流的目的，必须在听者心中激起与说者心中相同的观念。缺少这点，人们只能以噪声相扰，不能达成对话交流的目的，即传达思想、沟通观念。但是，如果一个词语代表的观念过于复杂，经过了整合再整合，那么精确地形成并记下这一观念就是十分困难的，毫无改变地精准使用这一观念也是十分困难的。因此，很少有两个人对于复杂观念的命名所指完全相同（比如大部分品行名词）。因为就复杂观念本身来说，两个人都会持不同看法，而且同一人在过去和未来对复杂观念的看法也不相同。

7. 第二，复杂情状名称没有标准

原因二：复杂情状缺少标准，不能进行修订和校正，因此它们多变化不定。它们多由人们随性组合，满足自身对话之用，满足自身观念。它们并不是对实际存在之物的描述，而是依照观念中的各种原型进行命名分类。起初创造欺骗（sham）、哄骗（wheedle）和戏弄（banter）等这些字的人，只是凭借自己的认识，把上述词语所能代表的观念都浓缩在这些词中。正如我们如今仍在向固有的语言中加入新的情状名称一样，过去的新词也是这样形成的。介于代表集合观念的名称是人们随意创造的，自然中没有对应的联合体，人们也没有一个标准去比对，所以这些名称大多意义不清。“谋杀”“亵渎”究竟代表什么，永远不能从它们所表示的事物中得知。在“谋杀”和“亵渎”这样的复杂观念中，大部分意义都不能由动作本身、心中意图或与圣物的关系中得出，同外在可见的行动也并无联系。谋杀时唯一的可见动作就是扣动扳机，而这一动作同“谋杀”这一复杂观念的其他部分并无联系。这一动作和其他部分观念之所以能共同形成“谋杀”的意义，是由于人们硬把它们结合在一起，并没有依据特定规则和模式。正是由于没有规则对他们的观念进行核准，不同人对于这一集合的理解也不同，不同人赋予这一名称的意义也不同。

8. 适当性并不足以补救文字的缺陷

确实，通俗用法或适当性原则可以提供些补救，确定语言的意义，这点不容否认。通俗用法可以在普通对话中规范文字的意思，但是谁都不能确认文字的准确含义，也不能决定它们和哪些观念对应。通俗用法并不足以适用于专业的对话，大多复杂观念名称在通俗用法中有很大改变余地，而且这些复杂观念名称即便用法适当，也可以表示不同观念。此外，我们也没有关于适当性的相关规定，所以对于字词的使用方式到底是不是得当，也经常出现争端。因此，显然，这种复杂观念名称多存在缺陷，指意多含混不清。即便双方都想要理解对方，也不能每次达成一致。比如，尽管人人都会说“荣誉”和“感恩”，但是即便在同一国家，人们说同种语言，对这两个词所代表的复杂集合观念的理解也不同。

9. 获知名称的方式也会导致意义含混不清

复杂情状名称的获知方式往往会使这些名称的

意义更加含糊。儿童是怎样学习语言的呢？要让他们明白简单观念的名称或物体的名称，人们往往把名称代表的东西给他们看，这样他们就对这些东西有了观念。随后，再把代表事物的名称重复地说给他们听，比如“白、甜、奶、糖、猫、狗”。但是在复杂情状名称方面，尤其是其中最重要的品行名词，他们往往先学习相应的声音。如果要明白这些名称代表的复杂观念是什么，他们就要寻求他人解释，或靠自己观察（大多数情况是这样）。虽然他们想要知道这些品行名称精确的意思，但是在人们口中，这些名称往往是毫无意义的声音，就算有些意义，也大多松散不定、含混模糊。就连那些特别注意把观念表达清楚的人，在使用复杂观念名称来区别于其他名称时，也不能避免这种含混。不管是激烈的辩论还是日常的交谈，只要涉及“荣誉、信心、优雅、宗教和教堂”等名称，人们总会有不同观点，这多是因为他们对这些名称的定义不同，在谈到这些词时他们心中的指称也不同。所以这些争论都是关于一个固定声音的意义。因此，我们看到，不管是人界还是神界，法律的解释总是无穷无尽，解释说明都源源不断。因此，人们总是在不断地限制、区分、调整这些品行词的意义。但是人们对这些名称的创造仍然无穷无尽。很多人，在第一次读圣经或法典时多满足于了解文本之意，但他们一味寻求解说，在看过解说后反而疑惑了，明白的地方也糊涂了。我并不是说注解是无用的，而是想要说明，复杂情状名称的意义本身就是不确定的，就连那些有意向、有能力利用语言表达思想的人也解释不清楚。

10. 因此，古代作家难免表意不明

显然，这些名称指称的不确定性使得不同国家历代作家也难免表意不清。因此，如果要了解这些名家运用自身思想完成的等身之作究竟原意为何，就需要我们特别留心，加以研习，运用智慧和判断力。不过我们在各种著作方面，不必全都过分追求其意，我们应该把重点放在包含真理和法律的那些书籍上，因为真理是我们所信仰的，法律是我们所服从的，稍有错误，稍有触犯，就会使我们陷于不利。至于别的作家，我们不必过于费心探求，因为他们所写的只是他们一家之言，因此，我们不必知道他们的观点，正如他们不必知道我们的观点一样。我们的福祸不取决于他们的著作，所以我们即使不知道他们的观念也无妨。因此，如果他们的著作用词不清，我们完全可以把它们束之高阁，这都由我们自己决定。

11.“如果你们本身不想让人理解，被忽略也实属应当。”

如果说复杂情状名称没有确定意义，是因为自然中没有真实存在的标准，使那些观念有所参照，有所校正，那么实体名称没有确定意义，就是因为相反的原因，因为实体名称代表的观念与实际存在的事物是相符的，在自然中也有相应的标准。就实体观念来说，我们不能像对待复杂情状观念那样自由组合观念，形成特定标记，并以此对事物进行分类和命名。我们必须服从自然，使我们的复杂观念符合实体，用事物本身来规范它们名称的意义，否则，我们的名称就不能成为它们的标记，也不能代表它们。在这方面，我们可以遵循一定的模式。不过，也正是由于这些模型，使得实体名称意义不明。因为这些实体观念要参照我们身外世界的标准，而我们要么根本不知道这些标准，要么知道的不全，所以实体观念的名称意义也是多变的。

12. 首先，事物的名称会参照其本质，而本质是不得而知的

如上所述，在通俗用法中，事物的命名要参照两个因素。

第一，名称要能代表对应的事物。所以，名称

的指称必须符合事物的实质构成，包括所有性质。但是这一构成，或称本质，是不为我们所知的。所以，不管我们赋予它什么声音，都不能十分准确。我们永远也不可能知道，真正应该被称为“马”或“锑”的事物是什么，因为本质永远不得而知，所以名称的意义也不完全。因此，按照这个假设，由于事物名称的标准不能得知，也就不能依据标准确认或调整名称的意义。

13. 其次，事物的名称会参照共存的性质，而我们不能了解所有性质

第二，事物中存在的简单观念（即名称能直接表示出的），共存于多种事物中，它们是相关名称参照的标准，也是意义得以修改的标准。但是这些原型也不能消除意义的不确定性，因为这些共存于同一事物的简单观念数量很多，且每个都适于成为具体复杂观念的一部分，得到名称的直接反映。尽管每个人考察的对象相同，但实际上各自形成的观念却不同。所以，每个人使用的名称必然各不相同。这些组成复杂观念的简单性质无穷无尽，多为各种能力，同他物产生反应时会发生改变。如果你知道，活跃性高的金属在加热之后会发生很多种变化，在同其他物体发生化学反应后变化更丰富这个道理，

就不会奇怪为什么在我们的能力范围之内不能悉知每种事物的全部性质。这些性质如此之多，多到人们不能确切地知道数量有多少。每个人会凭借自己的技能发现不同的性质，因此，每个人对同一事物的观念就会不同，在听到这一事物的名称时就会有多种不同指称。事物的复杂观念是由多个简单观念构成的，共存于自然之中，所以每个人都可以把自己发现的性质纳入他的复杂观念之中。比如黄金，有人认为黄金的性质包括颜色和重量，另一个人认为溶于王水是黄金的又一性质，还有人认为应该加上可熔性，又有人根据自己的经验或道听途说，提出还应该增加延展性和固定性。那么这些人里，究竟谁对“黄金”的概念最为正确？该由谁来决定呢？每个人参照的标准都源于自然，每个人都有理由认为自己提出的性质经过研究，符合“黄金”的指称，应纳入“黄金”原本的复杂观念。而没有经过仔细调查，就会忽略相关性质。自然中性质的结合是复杂观念中各简单观念结合的基础，因此各个性质和观念地位相同，没有哪个必须留下或哪个必须去除。因此，我们可以断言，虽然人们使用同一名称命名一个事物，但是他们形成的复杂观念却各有不同，而事物名称的意义也是不确定的。

14. 此外，任一简单观念对应的各种性质都会同他物发生作用，有的能同多数事物发生作用，有的能同少数事物发生作用。既然如此，谁能决定，物体的性质组合中，哪些性质能得到名称的反映？谁又有权力决定，哪些明显且常见的性质应被排除？又应该加入哪些不易察觉的、特殊的性质？对这些问题的回答导致了事物名称意义的不确定性。在我们下面讨论专业用法时，就会看到，正是这种不确定性造成了犹疑、争辩和错误。

15. 带有缺陷的文字可供通俗之用，但不能用于专业范畴

在日常对话中，往往由明显性质的表象决定事物的名称（比如在以种传代的各种事物方面，我们多半以它们的形状命名，对于别的事物，我们多以它们的颜色和其他可感性质命名），人们也能完全明白这些名称所指的是哪些事物，比如，人们清楚“黄金”和“苹果”指的是什么，也能把它们区分开来。不过在专业性的探讨和辩论中，虽然也应该确定一般性的真理，从前提推出结论，但是事物名称的表意却不能确定，更不易确定。比如，如果你认为“黄金”这一复杂观念包括可锻性（某种程度的固定性），就会相应作出推断并得出结论，认为“黄金”有此

特征。但是，如果有人认为可锻性不是黄金的特征，那么他就永远不会承认也不会相信你的观点。

16. 以液体为例

人们如果抛弃了纷乱粗疏的意念，进行严格缜密的考察，就不难发现，在一切语言中的事物名称方面，这种缺陷是很自然且难避免的。因为，此时他们会相信，许多文字的意义，在通常用法中似乎很清楚、很确定，可是实际上却含混不清。有一次，我同一伙聪明而博学的医生们在一块聚会，他们偶然谈到一个问题：是否有液体能穿过神经纤维？讨论进行了很长时间，双方各执一词，但我却希望，他们先考察确定“液体”一词的意义，再进行争辩。因为我常觉得，人们的争执不下大多困于文字的意义，而非对事物的不同认识。他们起初对我的提议有些惊讶，好在他们都很聪明，没有认为我的提议肤浅怪异。他们之所以惊讶是因为在座所有人都认为自己完全理解“液体”的含义，甚至连我也认为这个词没什么难理解的。但他们最终还是同意了我的提议。经过考察发现，这个词的表意并不如他们所想那般确定，每个人对“液体”都有自己的看法。这使他们意识到，两方辩论的结点在于“液体”的意义，而就某种流动柔软的物质可以穿过神经纤维这点却达成了一致。究竟这种流动柔软的物质应不应该被称为“液体”，大家在思考后都认为这点不值得争论。

17. 以黄金为例

人们热烈的讨论，归根结底是以上这种情况，这一点在其他方面也可以看到。现在我们只消稍微仔细考察一下我们前面提到的例子——“黄金”，就能看到它的表意是很难确定的。我想大家都同意，黄金是一种金灿灿的物质。很多儿童都认为，只要是金灿灿的东西，就是黄金。所以，他们会认为孔雀尾巴上金黄金黄的那块就是黄金。又有人认为黄金应该具有可熔性，那些浴火成灰的金黄物质不是黄金。所以，“黄金”就是这样一种物质，有着金灿灿的外表，且浴火而化而非成灰。同样，还有人把重量加入这个观念中，这个性质和可熔性一样，同颜色紧密相连，也应当用那个名称来表示。因此，前面说的只有颜色和可熔性就是不完全的，其他部分性质也是如此。谁都说不清，介于这些性质都不可分割，系于自然，为什么有些应包括于本质之中，有些应排除在本质之外。代表戒指原材料的黄金，为什么颜色、重量和可熔性的组合能表示它的本质，而颜色、重量和溶于水的组合却不能呢？溶于王水这一性质同熔于火的性质一样，同本质密不可分，两种都是黄金本身可同外物发生作用的性质，这两种性质的差别只是在于外物对黄金的作用方式不同。那么凭什么可熔性可以成为黄金本质的一部分，而可溶性只是它的一种性质呢？又凭什么颜色是本质的一部分，而可锻性仅是一种性质呢？我在这里想要表达的是，上述各种性质都是依存于本质的，都会主动或被动同他物发生反应。因此，谁都不能决定“黄金”一词（参照自然中的实体）究竟表示这一组观念还是另一组观念。所以，这一名称的表意必然是不确定的。既然每个人对同一事物的观察都各有不同，而且又没有人能穷尽所有性质，那么我们对事物的描述只能是有缺陷的，而文字的表意也是不确定的。

18. 简单观念名称最少含混

如前所述，简单观念名称最少含混，即便出现含混也能轻易察觉。原因如下：第一，这些名称代表的观念只关乎一种感觉，相较于那些复杂观念更容易理解，更容易记住，因此较少出现不确定的情况。而事物和混杂情状的复杂观念通常包括多个简单观念，并且人们对这些简单观念的集合还没有统一的看法，因此这些复杂观念更不容易记住。第二，简单观念名称不参照其他本质，只参照它们直接表示的那个感觉。而实体名称永远会参照其他本质，所以它们的意义含混不清，因此引发许多争辩。只要不过于执拗或存心找碴儿，在使用自己熟悉的语言时，人们很少弄错简单观念名称。比如，“白”“甜”“黄”“苦”的意思都很明显，每个人都能理解，就算不理解，本身也能意识到自己不懂了，会寻求解答。但别人具体如何使用“谦虚”或者“节俭”这样的简单观念集合，就不得而知了。我们多认为自己知道“金”和“铁”代表什么，即使这样，究竟他人如何定义这些复杂观念，我们却不能确定。但有一点我能确信，即如果说者和听者对它们特性的定义并不相同，在谈论普遍论题，确定普遍真理，考察最终结果时，一旦使用它们，就会产生错误和争论。

19. 简单情状名称也较少含混

同理，简单情状名称同简单观念名称一样，也很少含混。特别是涉及图形和数字时，人们尤为清楚。只要用心就不会搞混数字“七”和“三角形”。总的来说，在任何方面，最简单的观念一定有最明确的名称。

20. 超复杂混杂情状和实体名称最含混

如果复杂情状是由少数明显的简单观念组成的，

那么它们的名称意义就比较明确。而如果复杂情状包括很多简单观念，那么它们的名称意义往往含混不清。至于实体名称，如果它们的观念来源既不是事物的本质，也不是它们参照模型的精确表象，就会出现很大缺陷和不确定性。当涉及专业用法时，情况更甚。

21. 为何将缺陷归咎于文字

事物名称方面的混乱多由于我们缺少知识，或是不能洞悉它们的本质。你也许会想，为什么我们把这些缺陷怪到文字头上，而不怪我们自己的理解力不够呢？这一异议很有道理，所以我有必要解释一下为什么我们总是把缺陷归咎于文字。知识和文字密切相关，只有考察过文字的力量和意义后，才能对知识进行清晰恰当的分析。知识有关真理，有关命题。知识纵然终归要落到事物上，但还要通过文字表达，因此，文字同我们的知识密不可分。文字在真理和我们的理解力之间架起一座桥梁，像是可视物体往来的媒介。而它们的含混又常常蒙住我们的双眼，误导我们的理解。只要仔细研究一下人们给自己和他人带来的谬论，看一下人们的争论和观念中出现的错误，就能发现，其中的大部分都源于文字及文字意义的不确定性。因此，我们完全可以相信，文字成为了我们获取知识道路上的绊脚石。我们必须注意到这点，因为人们还没有意识到文字给我们带来的不便，反而通过研究助长这一现象，甚至冠以研究这一学科的人博学精思的美誉。但是我认为，语言是获取知识的工具，如果能完全消除这些缺陷，世界上就会减少很多争论喧嚣，通往知识与和平的道路也会越来越宽。

22. 因此我们在研究前人的作品时要保持谦虚

我确信，就所有语言来说，文字的意义都依赖于使用这种语言的人所拥有的思想和观念。因此，即使对于在同一国家使用同种语言的人们来说，文字的意义也是不确定的。这点在希腊作家中就可见一斑。只要稍作研究，就会发现他们虽然用着同样的文字，但是却自说自话，表意不同。这还仅是同一个国家在某段时间的状况，如果再跨时空呢？各家有各家的观念、脾气、习俗，形容词和修辞也各不相同，虽然我们不知道当时情况怎样，但这必然会影响当时文字的意义。因此在我们解释或误解前人之作时要互相谅解，因为，虽然我们应对这些作品加以研究，但是各语言不通造成的困难是不可避免的。如果说者不能在表达自己的意思和目的之前定义各种名词（简单观念名称和明显事物名称除外），那么听者就自然会犹疑不定。宗教、法律和品行是最为重要的话题，因此，这几方面的困难也最大。

23. 各家对“新旧约”的解释和评论就是最直接的证据。尽管书中所写的内容极为真实，但是读者的理解却经常出现错误。这自不必惊讶，因为上帝的意志在披上文字的外衣后必然会含混不清。正如上帝之子在披上肉体的外衣后，也不得不经受人性的一切弱点一样（罪恶除外）。我们要赞美他的慈悲，感谢他把旨意用如此了然的方式表达出来，好让我们传播于世。他给人类带来了理智之光，使那些不曾见“上帝”这个词的人也确信上帝的存在（只要他们愿意去追寻），对上帝礼敬有加。自然宗教的箴言清楚明白，为全人类所了解，不为人所争执；而书籍和语言揭示的真理，通常会困于文字这一媒介，产生很多隐晦或困难。我认为，对于前者，我们应该仔细勤恳地研习；对于后者，我们也不应过于倨傲、绝对和专横。

文字的滥用

1. 文字的滥用

语言本身固有一定的缺陷，使文字的使用出现含糊纷乱。但除此之外，人们在进行交流时，往往也会故意用错或有所忽略，导致这些符号更不明白，更不清晰。

2. 第一，无观念字词，或曰无清晰观念字词

第一，在这方面，最明显的滥用就是在使用文字时没有清晰明显的观念，或根本没有观念。主要有以下两种情况：

一、你可能会发现，在所有的语言当中，有些词不管是从起源看还是从使用看，都不能表示任何清晰明显的观念。这些词大多源于哲学和宗教派系。这些词的创造者，往往爱装作与众不同，不为常人理解，或支持一些奇特的观点，又或要遮掩自己假设中的弱点，因此他们会创造这些新字词。如果我们考察一下这些新字词，就会发现它们可以被称为“无意义的词汇”。这些词在发明之初就不代表任何观念，就算仔细考察一下，也会发现它们同观念并不一致。无疑，之后同派别的人在普遍使用这些词时，也只是单纯地使用声音，而没有任何意义。同派别的那些人认为嘴里说着这些词就已足够，完全可以同其他派别相区别，因此就不必费事考察这些字词代表什么观念。我就不举例了，因为大家在读书和交谈中会发现很多这样的现象。如果你想多要

些例子，可以去问那些“无意义词汇的制造者”，也就是那些烦琐的学者和形而上学者（也包括后来的自然哲学家和观念哲学家），他们可以给你满意的答案。

3. 二、还有一些人，滥用字词的情况更甚。他们不但不放弃那些起初就没有清晰观念的字词，反而经常在使用那些表示重要观念的字词时也表意不清。人们常常谈及“智慧”“荣耀”“恩惠”等词，但是如果问一问他们，这些词究竟是什么意思？他们就会傻眼，不知如何作答。这就证明，虽然他们知道这些声音，也能脱口而出，但却不知道这些词究竟是什么意思，也不能向别人解释。

4. 这是因为，他们在了解观念之前先学习了它们的名称

从小到大，人们都习惯先学字词，再学字词代表的复杂观念或事物。人们往往不会费心去了解这些字词具体表示什么意思，而是用这些字词表示自己心中一些含混的观念，并且认为别人在使用这些字词的时候也拥有一样的观念，就好像这些字词的读音表意永恒不变似的。在日常生活中，为求对方了解起见，人们要在字词方面作些变通。但是，在讨论到自己的原则和利益时，这些无意义的文字显

然会使他们的谈论充满假大空的论调。涉及品行字词时尤为如此，因为品行字词是大量任意观念的集合，并不是永远固定存在于自然中的，所以人们大多仅对它们的读音有概念，它们所表示的观念也很含糊。人们往往会使用周围人使用的字词，而且常常装出一副很自信的样子，避免别人看出他们根本不知道词义，但同时又不愿意费事了解这些字词真正的意义是什么。这样一来，他们不但可以随意使用这些字词，还可以享受另外一个优势，那就是虽然他们很少用对，但是也很少有人能说服他们，证明他们用错了。因为说服他们就等于让没有对错观念的人不要犯错，或剥夺一个没有住处的流浪汉的住宅。这是我的猜想，但事实究竟是否如此，大家可以从自身或他处观察得出。

5. 第二，字词使用前后不一

第二，文字的另一种滥用，是使用时前后不一。我们常常看到，人们在描写一个话题时（特别是辩论中），同一个词（辩论的观念词）有时表示这些观念，有时表示那些观念。这是典型的滥用文字。我用文字代表自己的观念，再把这些文字告知他人，如果我时而让它们表示这个意思，时而让它们表示那个意思，我就在滥用文字，因为文字的意义并非其本身的意义，而是我强加给它的。这种任意的做法简直愚蠢，甚至是一种欺骗。一个人在对话或推理时，用同一字词表示不同简单观念集合，就像一个人在计算时，用同一数字表示不同单位集合一样。比如，用数字 3 表示 3、4 或 8。真不知道谁会同这样算账的人来往！这样做的人会根据自己的利益，在做生意时把 8 算成 7，或算成 9，这样的愚蠢和欺骗人人都会生厌。但是在争辩和知识竞赛中，这种做法多被看作聪明和博学的表现。然而，我认为，这是更大的欺骗，因为真理比金钱更重要。

6. 第三，字词的误用导致混淆

第三，把旧词用于新情况或不寻常的情况，或引入一些未定义的新词，又或把文字组合起来混淆原义时，这些都会带来含混，是语言的另一种滥用。逍遥学派这点最为明显，其他学派也有此现象发生。事实上，所有学派都会遇到一些困难（这也是人类知识的缺陷），因此他们会用含混的文字和意义来掩盖自己的不足，如在眼前蒙上一层迷雾。只要想想就能知道，通俗用法中，“主体”和“外延”是两个不同的观念。因为，如果它们的意义是相同的，那么我们不但可以说“外延的主体”，也可以说“主体的外延”，两种说法一样清楚适当。但有的人非得把两者的意义弄混。而且，各学派还以这种滥用，甚至文字、逻辑和通识学科的含混为荣。而辩论这种艺术，不但没有帮助我们辩明真理和知识，反而加剧了语言本身的缺陷。仔细研究这些学术著作的人会发现，其中涉及的字词比日常会话用语更晦涩、更含混，意义更不确定。

7. 逻辑和辩论多导致文字的滥用

人们的角色和学识往往由他们的辩论技能决定。如果要在这方面设奖项，评奖方面包括文字使用的精巧准确，那么人们会在反对或辩护某一观点时极尽巧舌之能。胜利的标准不是真理归于何方，而是谁能辩到最后。

8. 人们把巧舌善辩称为玄思

尽管这项技能并无用处，与追求真理背道而驰，但是还是被人们冠以“玄思”和“精妙”的美名，得到各学派的称颂和有识之士的推崇。怪不得当时的哲学家（我指的是那些爱争好辩的哲学家，如希腊作家卢西恩诙谐合理的讥讪）和学者要用古怪难解的复杂文字网来遮掩自己的无知。他们所追求的只是荣誉和尊重，旨在让他人知道自己学识渊博。真才实学难求，假装冒充易得，所以他们多使用难解的词汇，让别人赞叹。他们的用语越难懂，别人就会越膜拜他们。但纵观古今，这些“学识渊博”的人也没比别人更聪明、更有用。他们对人类的生活和当时的社会贡献微乎其微。因为，创造的新词没有新事物与之对应，混淆旧词的含义，使很多问题有所争议，对于人们的生活并无意义，也不值得赞赏和奖励。

9. 这种学识无助于社会

尽管世界上有很多学识渊博的雄辩家和学究，但各国的和平、防御和自由却全仰赖不做学问的政治家，而艺术的发展也依靠那些没有文化、被人轻贱的手艺人。不过，这种装模作样的愚陋和学问渊博的妄语，近来却十分流行，这都是那些学究的利益和虚荣推动的，想要维护既得的权威和权力，最容易的方法就是用艰涩的文字调侃生意人和无知者，并且使聪明而无所事事之人忙着辩论毫无意义的词汇，让他们卷入无底的迷洞。此外，要想使人相信荒诞的教条，只能用一堆晦涩、含混而不确定的文字来保障它们。而这种保障，更像是强盗的窝点、狐狸的洞穴，而不像守卫战士的堡垒。这层保障不好攻破，不是因为他们本身武力高强，而是他们周围荆棘丛生，提供遮蔽。因为人们不能接受谬论，所以他们只能借晦涩艰深以自保。

10. 不过这样却破坏了获取知识和沟通的工具

这种人看似有学识，实则为无知，让有求知欲的人也学不到真正的知识。而这种现象在世界上还普遍存在，看似启发理解，实则迷惑思维。我们也看到，虽然其他善意而聪明的人在教育和学术方面没有达到那种“造诣”，但他们也能正常地运用语言，良好地沟通，开发语言的真正效用。然而，虽然不做学问的人能充分了解白与黑这两个字，也知道这两个字代表的观念，但是还是有学究巧妙地证明雪是黑的，也就是证明白即黑。这样，他们就破坏了交流和教育的工具。他们所做的无非是混淆文字的意义，使语言更无用（语言本身的缺陷已然影响其效用）。不做学问之人是没有这种“本事”的。

11. 这样做就等于混淆声音和字母

上述指白为黑的做法，同改变已知文字的意义一样，不能增益人们的理解，也无益于人们的生活；就算一个人学识精微，才能超群，在著作中以A代B、以D代E、以X代Y，让读者惊叹，但也是无益的。因为，要用黑这个字来表示另一个相反的观念，并且称雪为黑，就和以A代B是一样无意义；因为大家承认“黑”代表一种可感观念，“白”代表另一种可感观念。字母A代表语言器官运动后所产生的一种声音改变，而字母 B 代表另一种。

12. 这种艺术让宗教和正义变得更加复杂

这种危害也出现在逻辑的细枝末节和好奇空洞的猜测当中，侵害了人们的生活和社会，使法律和神谕变得含混复杂，让人生百态变得混乱、无序和不定，使宗教和正义两大法则变得无用，甚至消失。大部分对人神法则的评论和争辩，除了让其意义更模糊，更复杂之外，还有什么用呢？反反复复区分，揪住细节不放，无非只能让字词更含糊不清，让读者更糊涂。为什么仆人更容易理解君主下的命令，不管以口头还是书面形式？为什么确立成法律之后臣民反而不解了呢？我前面也提到了，很多资质一般的人原本可以读懂一篇文章，或一条法律，但是在向专家或学会咨询后，反而觉得没有帮助。

13. 这称不上学问

这里我不讨论上述做法是不是有什么附带利益，但是我想让大家想一想，人们是不是应该掌握事物的本质，做好该做的事；而不应该浪费时间谈论事物，卖弄文字；是不是应该直接明了地使用文字；我们使用语言是不是为了多学知识，联系社会；而不是遮掩真理，动摇人权，生烟起雾，模糊道德和宗教。至少，如果发生这类事，应该想一想这是不是学识和知识。

14. 第四，把文字当作事物本身

第四，把文字当作事物本身也是对文字的滥用。从某种程度上说，这关乎所有名称，但实体名称最受影响。如果人们把自己的思想局限于一个体系，坚信传统的假设是完美无缺的，那么就容易发生这种滥用。他们会相信，这一学派的名称同事物完全对应，完全同事物的本质一致。自幼学习逍遥学派理论的人，都认为十大范畴的名称同事物的本质完全一致，他们都相信“实体形式”（substantial forms）、“植物的灵魂”（vegetative souls）、“憎恶虚空”（abhorrence of a vacuum）、“心理成像”（intentional species）等是真实存在的。人们在初学知识时就接触了这些文字，并发现学派大师和体系都十分重视这些文字，所以他们自然而然认为，这些文字同自然相一致，代表了各真实存在的实体。柏拉图派学者主张“世界的灵魂”（soul of the world），伊壁鸠鲁派（Epicureans）主张原子在静止时也有“运动的趋向”（endeavour towards motion）。几乎哲学的每个学派都有自己的一套术语，外人是不懂的。因为人们不能事事精通，所以这些妄语，倒是能粉饰人的愚陋，遮掩人的错误。因此，久而久之，这些词被同学派的人所熟知，成为语言中最重要、最有意义的部分。如果这一学派的教义盛行，那么，“转世”“轮回”这样的词就会随处可见，无疑，人们也会对这些词有印象，使他们相信对应的事物是存在的。“逍遥派形式”和“心理成像”经历的就是这样一个过程。

15. 以物质为例

只要专心研读哲学著作便会看到，很多名称都被当成事物本身，这大大误导了我们的理解。但是有些文字虽被误用，却不易察觉。举一个大家都熟悉的例子：人们对“物质”一词争论不休，好似自然中真有这种东西存在，与“物体”相区别。显然，这两个词所表示的观念是不同的。因为，如果这两个词表示的观念完全相同，那么我们就可以随意替换它们。但是，我们虽然可以说“所有物体的物质相同”，却不能说“所有物质的物体相同”。我们常说一个“物体”比另一个“物体”大，却很少说一个“物质”比另一个“物质”大。为什么会这样呢？因为，“物质”和“物体”虽然并没有实质的区别，有此就有彼；但是它们代表两个不同的观念，“物质”是不完全的，是“物体”的一部分。物体代表外在实体，而物质是物体的一部分，观念更为含糊，物质是物体的构成，只是没有形状。因此，当谈到物质的时候，我们通常指向只有一个，因为物质只是一个实体观念，到处都一样，所以，我们不说不同物质。而物体，却有各种形状，各有不同。物质总要以一定的形状存在，因此要说物质具体是什么就会造成谈论和争辩的含混，这就是哲学家心里和书中的“原料”。这其中的缺陷和滥用，以及还关系什么词汇，还是由大家考察吧。但至少我可以说，如果我们能如实地观察文字本身，只把它们看作观念的符号，而非事物本身，那么世界上的争论一定会少很多。因为，在我们争论“物质”一词，或类似的名词时，我们争论的只是那个发音所表示的观念，而不过问这个观念是否同自然之物相一致。如果人们能清楚地告知他们的用词究竟表示什么观念，那么在追寻真理时，模糊和争吵就会减半。

16. 错误会持续下去

不论文字的误用会产生什么不便，都有一点可以肯定，那就是人们会对错误习以为常，观念会逐渐偏离真理。我们很难使人们相信，他们的父辈、老师、牧师或学士使用的文字，代表的都不是真实存在的自然之物。这是人们不愿改掉错误的一大原因。就连那些颇有见地的、一味追求真理的人，也很难改掉这些错误。因为文字的使用时间越长，人们的印象就越深，相应的错误观念也就更难消除。

17. 第五，人们常用文字来表示它们本不能表示的东西

第五，用文字表示它们原本不能表示的事物，也是一种滥用。很多时候，透过事物的类称，我们可以看到它们的名义本质。当我们把名称设为命题，加以确认或否决时，我们通常认为它们代表的就是一类事物的实在本质。如果一个人说“黄金是有延展性的”，他所暗示的，并不只是“在我的观念中，黄金是有延展性的”（尽管这句话也只能表示这个意思），还表示了“只要具备黄金的本质就有延展性”。也就是说，延展性取决于黄金的本质，与本质密不可分。但是，如果一个人不知道黄金的本质包括什么，就不能把延展性和这种本质联系起来，而只能把延展性和“黄金”的读音联系起来。如果我们认为“人”的定义是“理性的动物”，而非“无羽、宽甲、两足动物”（源于柏拉图），且“人”这个字，在这里代表的是这类生物的本质，那么就说明，“理性的动物”更适于描述“人”的本质。否则，柏拉图怎么不用“人”来表示形状和外表与他物不同的躯体呢？亚里士多德怎么不用“人”来表示兼有身体和推理能力的事物呢？还是因为“人”这个字表示着

它本不能表示的其他事物。

18. 用文字表示它们原不能表示的事物，就等于用文字表示它们原不能表示的事物之本质

诚然，如果文字对应的观念是事物的本质，那么事物的名称将会比现在更有用，相关的命题也会更确定。但是，由于我们不能掌握事物的本质，我们在对话时使用的文字传递的知识就很少，很不确定。因此，为了减少这种缺陷，人们就悄悄用文字表示含有这种本质的某个事物，似乎这样就更加接近本质。尽管“人”和“黄金”代表的仅仅是事物一系列性质的复杂观念，但是人们在使用这些字词时，都认为这些名称代表的是拥有这种本质（含有以上性质）的事物。这种做法，明显是对文字的滥用，不仅没有减少文字的缺陷，反而让缺陷有所增加。这是因为，我们使用的名称代表的事物并不存在于我们的复杂观念中，所以自然也就不能用这名称来表示这种事物。

19. 因此，我们对事物观念的改变，并不会改变对应的事物种类

这里我要解释，为什么在复合情状中，任一观念的消失或改变，都可能使整个复杂观念改变，变成另一种类。比如，过失杀人（chance-medly）、

屠杀（manslaughter）、谋杀（murder）和弑亲（parricide）。这是因为，名称表示的复杂观念包括实在本质和名义本质，除此之外，再没有参照其他本质。但是就实体来说，却并非如此。比如黄金，尽管每个人对黄金持有的观念不同，但是大家却不认为事物有所改变，因为人们在心中悄悄把这一名称同这一事物的不变本质（包括各种性质）相参照。你认为黄金还应该包括固定性和溶于王水，这也不会对事物造成改变，只是加上另一简单观念后，让这个复杂观念更加完整。但是，如果我们对名称参照的事物没有任何概念，那么观念的增加就没什么帮助，反而会给我们带来更多困难。如果我们对黄金这一事物没有任何概念，那么就算参照其本质，“黄金”一词（表示或多或少的简单观念集合，在交谈中指向某一事物）也没有什么意义。虽然在交谈中，我们会用“黄金”这一名称表示对应的实体，但是如果仔细考察一下，便会发现“黄金”一词可能和实体本身并不统一，比如就算把金叶子放在我们面前，我们也可能辨认不出。

20. 文字滥用的原因在于人们假设自然的作用是规律的

人们用名称来表示事物的实在本质，是因为他们假设（如前所述），自然在产生事物时是有规则的。自然会区分不同物种，如果事物的内部构成相同，那么我们也赋予它们通用名称。但是，只要你看到同种事物的不同特质，就会相信，种类中的个体，虽然名称相同，但内部构成却彼此不同。而且，同种事物的差异程度与不同种事物的差异程度相仿。人们总是假设，内部构成相同，则名称就相同。由于这一假设，人们往往用这些名称代表事物的本质。然而，这些名称实际代表的，只是人们在使用这些事物时头脑中产生的复杂观念。这些名称表示的事物，如果与人们真正指称的事物不同，使用起来就会造成很大的歧义。这种情况在那些深受“实体形式”影响的人身上十分常见，他们坚信不同物种都是由这种“形式”来决定和区分的。

21. 文字的滥用包括两种错误的假设

用各种名称来表示我们没有的观念，或不了解的本质，是十分荒谬的，因为这样我们的文字就不代表任何事物。但只要看看人们对文字的使用，就会发现这种荒谬的现象简直随处可见。当一个人问他所见的事物（不管是黑猩猩或怪胎）是不是人，他所问的并不是这个具体的事物是否符合他对“人”形成的复杂观念，而是它是否具有“人”这种事物的本质。因此，在使用事物名称时，常会出现下列两种错误假设：

一、自然界中存在一些特定的本质，各种具体的事物依照这些本质而形成，也根据这些本质得以分类。可以确定的一点是，各种事物都有其本质，使各种可感特质有所依存。但事实证明，这些本质并不能区分物种，划分界限。

二、第一点似乎已经预先假设我们知道上述本质。因为，如果不是已经知道“人”的本质是什么，我们怎么能判断一件事物是否含有这种本质呢？不过，这种假设是完全错误的。因此，如果用这些名称来表示我们本没有的观念，就会在交谈和推理时产生很多混乱，给我们的文字交流带来很多障碍。

22. 第六，人们假设文字有确定且明显的意义

第六，还有一种文字的滥用也很普遍，但是却很少有人察觉，那就是，人们把文字附着在观念之上，并习以为常，他们多认为名称与所指意义之间的联系相近且必然，进而认为每个人都能理解名称的含义。因此，他们默认，在使用文字时，特别是在使用那些通用文字时，说者与听者形成的观念完全相同。因此，在交谈中，他们总会以为双方就用词达成一致，认为别人所使用的文字表意同他们自

身使用的文字相同，所以就不去费神解释自己的观念，也不去了解他人的观念。这样，人们的交谈就多了很多喧闹与争吵，反而没有获得更多信息。人们总是认为同一文字表示的意义完全相同，然而事实却并非如此，个人使用的文字只是代表个人的观念罢了。在交谈或辩论中，如果有人问一个词究竟是什么意思（这是完全必要的），人们往往会觉得奇怪。但是，日常交谈中出现的争吵却多是因为双方复杂观念的所指不同。人们对每个词的定义可能都有所不同，比如一个再熟悉不过的词——“生命”。如果你问别人“生命”是什么意思，他肯定会觉得你在侮辱他的智商。但是，如果要问一粒种子有没有生命？胚胎在孵化前有没有生命？一个完全失去知觉的醉汉有没有生命？就会发现，就连“生命”这样一个尽人皆知的词也没有明确的定义。人们通常用语言中很普遍的字词表示头脑中出现的大量混合观念，就算很不精确，也能很好的应付寻常交流和日常事务。但就专业用法来说，这是绝对不够的。知识和推理要求观念精准而确定。人们不会那么冥顽不灵，以至于必须问过他人所用词汇究竟为何意才能理解他人含义；也不会那么吹毛求疵，以至于必须去纠正他人对词汇的用法。但是，一旦涉及知识，就必须要就特定文字解释清楚，人们也不必为自己的无知感到羞愧，因为如果不了解别人的说辞用意为何，开口询问也无可厚非。这种文字的滥用在学者之间最为常见，影响也最为恶劣。这些争论如此繁复顽固，阻碍我们通往知识的道路，这都是由于文字的滥用造成的。虽然人们大多认为，让人迷惑的，是书中不同的观念和种类繁多的争论，但是我却认为，这主要是由于不同学派的学者用语不同。我更愿意相信，如果他们能撇开用词，就事论事，就会发现他们的观念原是一样的，只不过表达有所不同。

23. 语言的作用首先是表达观点

下面总结一下语言的缺陷和滥用。在我们同他人交谈时，语言的作用主要有三：一、让别人了解自己的想法和观点；二、尽量简单快速做到第一点；三、传播知识。如果以上三点中有任意一点做不到，语言就必然发生了滥用，出现缺陷。

一、出现以下三种情况时，文字就做不到第一点，不能把一个人的观念传达给另一个人。（1）人们口中的名称表示不确定的观念；（2）把不能表示某观念的名称硬套在该观念之上；（3）名称的使用并不确定，时而代表此观念，时而代表彼观念。

24. 其次，快速传达观念

二、对于复杂观念，如果没有确切的名称来表示，就不能简单快速地表达自己的想法。有时这是文字本身的缺陷，因为文字没有表达对应意义的发音；有时是人为的滥用，因为他想要表示这一观念，却不了解这观念的名称。

25. 第三是传播知识

三、如果人们的观念同现实事物不一致，那么语言就不能传播知识。虽然这原是由于我们的观念不能准确无误地反映事物的本质（缺乏专注、研究和运用所致），但是这个缺陷也会扩散到文字的使用上，我们以为文字代表了事物的本质，但实际上这种本质却不存在。

26. 人们在使用语言时何以做不到上述三点

情况一：如果人们在使用文字时，脑中没有清晰的观念，那么他们在交谈中传达出的只是没有任何意义的噪音。不管他们使用多么晦涩的词汇，显得多么博学，他们的知识也没有增加。同理，正如有些人看书，只看书名，不看内容，知识也不会增加。因为，不管他们在对话中怎么使用这些字词，是依照语法结构还是润饰措辞，它们都不能表意，只是发音罢了。

27. 情况二：如果人们只有一些复杂观念，却没有命名，那么这就等于，书商库房里有很多书，但都是散页的，没有书名，要想让别人知道书里讲的是什么，只能把书页拿给他们看，或自己讲给他们听。由于不知用什么字词来表示复杂观念，人们的交谈就会出现障碍，只能罗列构成这些复杂观念的简单观念，这样，别人用一句话就能说清的问题，他可能用二十句才能表达清楚。

28. 情况三：在学派和交谈中使用文字，如果用同一名称表示不同观念，有时表示此种意义，有时表示彼种意义，那么这种做法正如在集市做买卖，一个名称能代表很多物品，两者都有失公平。

29. 情况四：如果人们对某种语言的使用，有异于把这种语言当作母语的国家的用法，那么纵使他们有正确又清晰的理解，如果不对文字加以界定，也不能传达自己的思想。因为，即使听者对文字的读音十分熟悉，可是同一文字表示的却是不同观念，那么这些文字也不会对听者形成任何刺激，听者也就不能了解说者的观念。

30. 情况五：如果人们想象自然界中不存在的事物，在脑中形成相应的观念，并给这些想象中的事物命名，那么在他的言语中，甚至在对方的头脑中就会形成一种幻念，这于现实中的知识是无益的。

31. 如果空有名称却没有相应的观念，那么文字就空有读音，没有意义；如果复杂观念没有命名，那么在表达时就不能自如，解释起来就要大费周章；如果用词不严谨、反复无常，那么就不能引人注意，不能让人理解；如果措辞与大众不同，语言没有适用性，那么就等同胡言乱语；如果所言之物不存于世，理解中缺乏真材实料，那么只是自身的幻想。

32. 在实体方面，文字何以失其功效

在实体观念方面，我们也容易出现以上五种问题。比如：（1）在使用“狼蛛”一词时，如果不知道它代表什么意思，就算读音再正确，也没有任何意义。（2）人们在新大陆可能会发现前所未见的动植物，虽然也能形成像马和雄鹿那样的真实观念，但是人们只能用语言加以描述，除非用土著人使用的名称称呼它们，或自己给它们命名。（3）如果时而用“物体”表示单纯的区域，时而用它来表示区域及固体，那么就会出现谬误。（4）如果把通常说的“骡子”叫作“马”，就不合适了，而且也不会有人理解。（5）如果认为“人马兽”是实在的事物，那么就是自欺欺人，把文字当作了事物本身。

33. 在情状和关系方面，文字何以失其功效

在情状和关系方面，我们常犯的错误是前四个。（1）记得一些情状的名称，比如“感恩”或“慈善”，但头脑中没有确切的观念与之相符。（2）拥有一些观念，却不知道对应的名称是什么。比如，一个人喝酒了，面色改变，脾气变差，舌头打结，眼睛发红，脚上发飘，我知道这种状态，却不知道用“醉态”这个词来表示。（3）知道善恶为何，也知道它们的名称，但是却会误用。比如，用“节俭”表示“贪婪”之意。（4）在使用名称时，意义没有保持一致。（5）但是，就情状和关系来说，不会出现观念与实物不一致的情况。因为情状是头脑随意形成的复杂观念，而关系只是对两种物体的考量和比较。这两方面都是自我形成的观念，同外物无关。它们不是外物投射在头脑中的副本，也不是物体内部构成或本质的性质，而是存在于脑中的模式，就一定的行为和关系进行命名。这方面的错误，只是给自己的观念起错了名字，导致文字的使用与他人不同，使得别人不能理解我的观念，进而使得别人认为我的观念是错误的。若我在混合情状观念或关系观念中加入不合理的观念，我就是在幻想。因为，如果仔细考察一下这些观念，就会发现，它们根本不可能

存在于头脑之中，更不可能指称任何实体事物。

34. 第七，比喻也是对语言的滥用

机智和想象比枯燥的真理和实在的知识更动人。因此，人们不愿承认，比喻和隐喻也是一种语言的缺陷和滥用。我也承认，在交谈时，如果是为了追求愉悦，而不是为了获取知识，那么比喻和隐喻就不能算是错误。然而，如果我们要原原本本地描述事物，使用修辞方法（次序和明细除外）或演讲中运用文字的那一套，都会转而产生错误观念，煽动情感，误导判断，因此就是完美的骗局。所以，这一套在雄辩和演讲中也许是可行的，但是如果交谈的目的是传播知识、有所教益，那么就应该加以避免。若涉及真理和知识，那么这种用法，要么是语言本身的错误，要么就是语言使用者的过错。修辞用法多种多样，这里我们不必讨论。如果读者想加以学习，可以去找相关书籍，简直多不胜数。不过，人们太不注意保护利用真理和知识了，因为修辞这种用法与生俱来，而且还得到人们的喜爱。修辞学可谓是错误和欺骗的有力工具。有人加以研习，公开教授，且这种学术受人喜爱，足可见人们大多喜欢欺骗别人，被欺骗了也不自知。因此，我这样反对修辞学，人们肯定会认为我蒙昧无知、冒失粗俗。

雄辩就如美人，过于美丽，不容亵渎。既然人们甘愿被骗，那么对欺骗的艺术挑错就太费力不讨好了。

前述缺陷及滥用的补救方法

1. 补救方法值得我们寻求

前面我们详述过语言本身的缺陷及人们强加给它的缺陷。语言是连接我们整个社会的纽带，也是知识传播及传承的媒介，因此，我们需要谨慎思考，找到补救上述缺陷的方法。

2. 寻求补救方法并不容易

我想，任谁说自己能改变世界上的某种语言或是改变本国的语言，都会受到他人嘲讽，因此没人会这样说。要求人们用始终如一的文字表达同一含义，也就是确信统一的观念，就等于认为人们观念相同，而且人们只能谈论确信的事物。任何人都不能如此要求，因为谁都不能让别人无所不知或缄口不言。如果有人认为巧舌如簧者必学识丰富，认为所言不多者必知之甚少，那么此人就涉世太浅了。

3. 对于哲学来说，这些补救方法是必需的

虽然我们要允许生意人有生意人的交谈方式，

承认街谈巷议也有存在的必然，虽然学术之人可能认为我们提出的供其减少争议的方法是错误的，但是我认为，如果人们愿意寻求真理，维护真理，就应该思考如何清楚明白地表达自己的观点，因为稍不注意，人们的语言就会变得含混不清，模棱两可。

4. 错用文字导致重大错误

既然文字的滥用如此普遍，造成那么多错误和误解，那么人们就有理由怀疑，文字的使用，究竟是促进了还是阻碍了知识的传播呢？很多人在进行思考时，特别是针对品行问题进行思考时，总是只关注文字。此时，沉思推理过后的结果只是文字的声音而已，相关的观念都是含混的、不定的，甚至从未产生。所以，思考和推理常以含混和错误告终，并未产生确切的判断和知识。

5. 固执

人们独自思考时，若用错了文字，必然会有一定的不便。但是，在同他人对话或争辩时用错文字，就会带来很多混乱。因为语言就是纽带，人们通过语言将新发现告诉彼此，互相推理，传递知识。语言的误用虽然不会堵塞知识的泉眼（因为知识存在于事物本身、语言之外），却会堵住或破坏知识传输的管道，使知识不能得到广泛传播，惠及人类。

若在使用文字时没有清晰明确的意义，只能使自己和他人陷入错误之中。而刻意误用文字的人本身就是真理和知识的大敌。但是，毋庸置疑，科学和部分知识的名称和表述都是含混不定的，使得那些最为专注和眼快之人都不能有所提高。这是因为，那些自命传授与维护真理的人认为区分细微之别是一种能力，但是这种能力却基本等同于使用含混误导的词语，使人们被无知蒙住双眼，对错误固执不放。

6. 争论

不管看任何有关争论的书，都能发现，那些含混不清、模棱两可的词语只是噪声和争吵的声响，并不能加强人们的理解。因为，说者和听者并没有就文字代表的观念达成一致，他们的争吵不是针对事物，而是针对名称。因此，如果人们对文字的定义不同，那么在使用这一文字时，他们理解的对象就不是一个实体，而只是声音。他们使用的文字虽然相同，但是文字代表的对象却是不同的。

7. 举例：蝙蝠和鸟类

蝙蝠到底属不属于鸟类，并不是一个问题。若要问蝙蝠这个名称是不是应该用于其他生物，蝙蝠是否还具有其他特质，简直是荒谬。但是两类人会问这些问题：一类人并不完全了解这两个词代表的概念，此时就要去调查“鸟类”和“蝙蝠”的本质，补全他们的概念。看一看，他们称作“鸟类”的事物包含的所有简单观念是否都在“蝙蝠”身上有所体现。然而，这只涉及调查，并不涉及确定和否认。另一类人是互相争执的人。他们会就究竟“蝙蝠”是不是“鸟类”产生争执。此时问题就出在这两个词的所指上。双方可能认为这两个名称包含的复杂观念不同。如果双方就两个名称的所指达成一致，就不会产生争执。因为，他们很快就会清楚地辨别，“鸟类”这个类别名词中所有的简单观念是否都能在“蝙蝠”这个复杂观念中找到，此时就不会再去怀疑“蝙蝠”究竟属不属于“鸟类”了。在这里，我想让大家思考一下，是不是世界上争执的大部分都是文字层面的，是不是都是因为人们对文字的所指理解不同，是不是只要确定了文字的意义，使它们代表应该或本来的简单观念集合，这些争执就会自然终结，立即消失呢？大家可以想一下，争执的意义为何，争执对彼此有什么好处呢？如果有人能剥去语言含混模糊的外衣（其实每个人在自己使用文字时都是如此），我会认为他是传播知识、维护真理与和平的英雄，而非虚荣、野心和学派的奴隶。

8. 补救方法之一：不用无意义字词

为了从某种程度上弥补上文提到的缺陷，防止缺陷带来的不便，可以先遵从以下几条原则，等待有能力之人创造出更成熟的文字体系，来惠及世界。

第一，在使用无所指字词及无意义名称时需谨慎。这些词语包括“直觉”“同情”和“憎恶”等，在用这些词时人们心中并没有具体观念，只是发音，并未表意。只要大家想一想对话中使用这类词的频率，就会发现这条原则还是十分必要的。并不是说这些词在正确使用时不能表意，而是这些文字和观念并无自然联系。人们死记硬背、生搬硬套，并不能用它们代表任何观念。而人们若想表意，必须使文字有所指。

9. 补救方法二：人们用文字表达情状时也要有意义

第二，仅仅把文字作为表达观念的符号是不够的，若表达的观念是简单的，则必须清晰而不同于其他；若表达的观念是复杂的，则必须确切。也就是说，若决定用一个词语表示简单观念的组合，则用以表示的符号只能表示这一个组合，而不表示其他。这在情状名称方面，特别是品行词语方面，十分必要。因为这些词语并不是对自然界中物体的所指，没有确定的原型，所以十分容易弄混。人们都在谈论“正义”，但对“正义”的意义却各执一词。若要避免这种情况，则人们心中要对“正义”有确切的理解，知道这个复杂观念包括什么，可以将这个复杂观念分解为一个个简单观念。否则，不管是“正义”，还是其他词语的使用都会发生错误。这并不是说，每当人们在使用“正义”这个词时都要先分析一番，但是，考察名称的意义却是必要的，然后把具体观念存在头脑中，在需要时启用。若对“正义”的定义是“按照法律处置人或物”，而“法律”这个词语的本身却没有清晰的概念，那么“正义”这个复杂观念就会是含糊残缺的。然而，要达到确切性是十分复杂的。因此，很多人会认为即使对混合情状名称没有那么精准的观念也是可以原谅的。但是，如果不做到如此精准，人们心中还是会有很多混乱和模糊，同别人交谈时也会发生很多争执。

10. 文字要和实体相一致

要正确使用实体名称，只有确定的观念是不够的，这些名称还必须和具体事物相一致。关于这点，我后面会详细阐述。在探寻哲学知识和争论真理时，必须要保证准确。如果这种准确性能扩展到普通对话和日常生活中自然是好的，但是却不太可行。通俗的观念适合通俗的谈话，两者虽然都很含混，但是在市场交易和红白之事中却很适用。既然行商、谈情说爱、烹饪、裁衣都有专属的表达，那么哲学家和抗辩家若想理解他人并得到理解，也应该有自己的一套表达。

11. 补救方法三：注意适用性

第三，人们仅用文字表示观念是不够的，哪怕是确定的观念，也是不够的。还必须尽可能使自己的文字所表达的观念同人们普遍认为的相一致。文字，特别是业已形成的语言，并不是某个人的私有财产，而是交易交流的公共尺度。任何人不得随意更改特定表达方式，或文字代表的观念，就算情非得已必须更改，也要事先告知他人。人们之所以表达，就是为了得到理解。如果不按寻常用法来使用，就要不断地解释、询问和打断，这会造成很多不便。语言的适用性可以使我们轻而易举地理解别人，因此，我们必须费些心思加以研究。对待品行文字方面，尤应如此。要了解文字的所指和使用最好通过学习，学习那些能在写作和交谈中清楚表达自己观念的人，他们往往在遣词造句时十分恰当。依据语言的适用性来使用文字，即使不能每次都有幸得到理解，但是就算不被理解也罪在他人，因为我们已经依据适用性来使用，所以他本该理解，如果不能理解，则只怪他自己对语言体系不熟悉了。

12. 补救方法四：清晰表意

第四，人们在日常使用文字时，并没有明确它们的含义，使人们确切地知道文字究竟代表什么意义。随着知识的增长，人们的观念会慢慢异于通俗观念，为此人们通常需要创造新文字（人们很少这样做，因为怕被别人认为矫揉造作或标新立异），或赋予旧文字新含义。因此，在遵从前述规则之后，确定文字的含义，清晰示人是很必要的。因为，习惯会使文字的含义不确定、不精确（常见于复杂观念），有时在交谈中，重要词语会变得模糊，出现错误。

13. 要清晰表意，有三条途径

人们可用文字表达的观念种类有所不同，所以表达观念的方式在不同场合之下也应有所区分。虽然加以界定可以使文字表意清晰，但有些文字是不能界定的，正如有些文字，必须通过界定才能表意明确一样。还有一种，兼具以上两种特点，这可见于简单观念、情状及物体名称之中。

14. 首先，用同义词或实物表示简单观念

第一，人们在使用简单观念名称时，若认为名

称不易理解或易被误解，那么出于语言的清晰特性，出于交流的目的，就必须明示名称的意义，告诉他人名称代表的观念是什么。如前所述，这是不能通过界定来完成的。因此，如果同义词不能加以解释，就只剩一种方式了，那就是同实物相联系。有时，名称表示的观念体现在实物中，此时，如果他人熟悉此种物体，就会理解这一名称。比如，要让一个乡下人明白什么是“黄棕色”，只要告诉他那是秋天里枯叶的颜色就好了。但是要明示简单观念名称含义，最保险的方式还是把实体展示出来，使他人有相应的概念。

15. 其次，界定混合情状名词含义

第二，混合情状，特别是品行混合情状，大部分都是观念的集合，是由头脑自由组合的，没有特定模式，因此相关的名称不能像简单观念名称一样，通过用实物表示的方式明示出来，不过，混合情状名词可以得到完全准确的界定。因为这些名称都是头脑任意组合而成的观念集合，并没有参考任何原型，因此人们可以明确知道这些集合由哪些观念构成，在使用时就确信无疑，在必要时，就可以声明这些集合的意义为何。因此，人们在谈论道德相关的问题时，如果不能做到清晰明确，就应当受到责备。混合情状名称并不是自然形成的，而是人们界定的，人们悉知其确切意义，所以在谈论道德相关问题时若仍然含混不清，就过于疏忽固执。而在谈论自然之物时，这是可以原谅的，因为同人们界定的名称相反，描述本存之物时含混是难免的。这点我们在后面将会看到。

16. 品行可以证实

由此，我可以推出，品行和数学一样，是可以证实的。我们可以完全知晓品行文字表示的确切本质，也可以发现事物之间到底相不相符。人们也许会反驳：在品行学中，我们不止运用实体名称，还运用品行名称，这会产生一些含混。这种反驳是站不住脚的，因为在品行范畴的交谈中，我们很少探寻实体的各种不同本质。比如，我们在说“人要受到法律的制裁”时，我们所指的“人”，只是一种有形的理性生物，至于“人”的其他性质，我们并不予以考虑。因此，自然学家争论儿童或低能儿在物理意义上是否为“人”，并不妨碍品行上涉及的“人”。在品行范畴内，“人”的意义是有形的理性生物，这是确定不改的。如果我们发现猴子或其他生物能够推理，理解普通符号，从概括观念中推出结论，那么不管它们同“人”的外形多么不同，都受制于法律，属于“人”。如果运用得当，实体名称并不会扰乱品行名称，正如它们不会扰乱数学范畴一样（数学家在谈到黄金的立方体、黄金球，或其他物体时，有一个明确的不变的观念，但有时也会把这一观念错用于不适当的物体之上）。

17. 界定使品行范畴的交谈变得清晰

我提到这点，是为了指出，人们在品行范畴交谈中使用混合情状名称时，对文字加以界定是很重要的，因为品行范畴的知识可以借助定义，变得清晰确定。如果做不到这层，就有失聪颖，因为界定是明确品行范畴文字意义的唯一方式，不容争辩。因此，如果人们在品行方面的讨论与自然哲学方面的讨论相较有失清晰，那么他们的疏忽和固执则不可原谅。因为在品行方面，人们讨论的是头脑中的观念，没有外物原型得以参照和比对，所以不存在虚假和不充分一说。人们在头脑中形成一个观念，把这一观念作为“正义”一词的标准，将符合标准的行为都归于这一词下，并不困难。难的是，在看到了阿里斯蒂德斯（Aristides）以后，去形成一个贴近该人的观念，因为不管人们形成的观念如何，阿里斯蒂德斯的本质都不变。就前者来说，只消知道观念的组合便可；而就后者来说，必须要探寻外物的本质、背后的构成及不同的性质。

18. 界定是唯一的方法

混合情状名称，特别是品行词语的界定十分必要，另一个原因就是我上文提到的：只有加以界定，它们的意义才能得以确定。因为它们代表的观念组成大多杂乱无章，头脑将其聚合并形成特定观念，只有用文字把这些简单观念列举出来，才能使他人知晓，观念的名称代表什么。在这种情况下，感官并不能提供可感物帮助我们，也不能指示给我们某类名称表示何种观念。但就可感简单观念及实体（某种程度上）来说，感官往往可以帮助我们了解它们的名称。

19. 第三，用实物表示或界定实体观念

第三，实体名称表示的是我们对特定物种的观念，要解释它们的意义，就要用到上述两种方法：实物表示及界定。通常，每种物体都有特定主要性质，此外还有其他一些附属性质，对这些性质的观念共同构成我们的复杂观念。因此，只要具有特征性标记，区别于其他物体，那么我们就会赋予这种物体相应的名称。就动植物而言，这种主要观念或标记性观念多为形状；就无生命物体而言，多为颜色；就其他一些物体而言，二者兼有。

20. 观察是获知物体主要性质观念的最佳方法

这些主要可感性质是构成我们具体观念的原材料，因此，在我们定义名称时，它们也是最容易观察到，最不易变化的部分。尽管“人”就本质上来说代表的是动物和理性的统一，但是在我们的观念中，外形和其他因素一样，也是必备的。因此，很难说柏拉图对“人”的定义（无羽、宽甲、双足）不好，因为外形是一种主要性质，比推理能力更具有决定作用，因为推理能力在人初生之时很少显露，或许有人一生都不曾具备。如果否定柏拉图的定义，仅仅因为某异形生物的外形和“人”不同，而不问它是否有理性的灵魂，就将它杀死，就和谋杀无异了。这就像区别发育良好的婴儿和畸形儿，我们也不能判断他们是否有灵魂。此外，也没有人规定理性灵魂的居所必须有前庭，外形必须有所定式。

21. 观察是获知这些主要性质的最好方法，此外别无他法。比如，若用文字描述“马匹”或“鹤鸵”的形状，则人们脑中形成的图片既粗略又不完整。然而，只要看一眼实物，形成的观念就会比文字描述好一千倍。再比如“黄金”，任何描述都不足以表达这一概念，只要用眼睛看到，就会形成清晰的观念。那些经常同黄金打交道的人，一眼便可识出真假纯杂，而外行人（虽然视力很好，但是却不能辨别黄金的颜色同别的黄色有何不同）却看不出其中的区别。其他实体具有的简单观念同样如此，而这些精确的观念，往往没有具体的名称。比如黄金敲打的声响同其他物体不同，但是却没有具体的名称，正如它具有的特殊的黄色，也没有相应的名称一样。

22. 界定是获知物体能力的最好方法

我们对于实体的具体观念所包含的很多简单观念都关于能力，通过我们的感官并不能轻易捕获。因此，有些物体名称的意义最好通过列举相关简单观念来告知他人，而非仅仅把实物展示出来。比如，如果一个人仅仅看到黄金，对之的观念就是一个金灿灿的物体，而我的描述包括延展性、可熔性、固定性及溶于王水，这会让他对黄金有更加完整的概念。如果这种闪亮、有一定重量及延展性的物体的本质构成像三角形一样易于感知，那么黄金这种物质也会如三角形一样易于分辨。

23. 对于灵魂相关知识的反思

由此可见，我们对于有形之物的知识都是建立在感官之上的。因此，对于脱离了实体的灵魂，我们并不知道它们如何获得这些知识（它们的知识应该比我们的更加完全）。我们的知识和想象的广度不会超过我们的观念，是局限于我们认知方式之内的。比我们肉体之躯高级的灵魂也许能够了解物体的构成，就像我们对三角形的了解一样清晰，也许灵魂能看到物体的性质与内部运作。但是我们永远不可能得知它们获得这些知识的方式。

24. 实体观念须同具体事物相一致

实体名称代表着我们的观念，所以可以通过界定进行解释，但是，这些名称同样代表各实体，所以界定也会留下一些缺陷。毕竟实体名称不仅代表了我们的观念，最终还是要代表具体事物，这就要求名称的意义必须同事物的真实状况以及人们的观念相符。因此，就实体而言，我们不能仅仅停留在文字表示复杂观念上，应该进一步去探究实体自身的本质和性质，这样才能进一步完善我们对这种实体的观念，又或从熟悉这种实体的旁人处获知这些本质。按常理，实体的名称不仅应该代表人们心中的复杂观念，更应该代表实体中真实存在的各简单观念，因此想要正确界定实体的名称，必须探究博物志，在仔细审查后，得出它们的具体性质。因为，在针对自然实体进行对话和辩论时，为了避免各种不便，仅仅了解语言的常规使用是不够的，因为在常规使用中，文字表示的观念往往含混而不完整，仅仅使名称符合特定场合的应用也是不够的。我们还应该熟悉实体的历史，来修正并巩固我们具体名称相应的复杂观念。在同他人交谈时，如果发现自己被误解，应该告诉对方具体名称代表的复杂观念为何。对于那些追求知识和真理的人来说，更应如此。因为在儿童时期，人们对事物的观念还不完整，却已然开始习得文字，不经太多思考便随意使用，并未形成与之确切对应的观念。人们会一直将这种习惯延续至成年，因为这种习惯并没有影响他们的日常生活和交谈。然而，这套程序自开始就是错误的，不应该先习得文字，再形成与之对应的观念。由此，我们看到，人们在使用本国语言时总是符合语法规则的，但是在谈到事物本身时却经常出错。所以，在针对真理和知识发生争辩时，人们总是很少有所进展，因为真理和知识存在于事物本身，而非我们的主观想象。因此，仅了解事物的名称实则对我们知识的增长并无助益。

25. 要使实体观念和具体事物相一致并不容易

因此我们希望，精通物理性质研究、熟悉各类自然实体的人可以把各类实体共通的简单观念逐条记下，这将消除很多混乱。因为人们对各种事物的熟悉程度不同，了解的性质也多少不一，如果使用同一名称就会造成很多误解。但是，将各观念逐条记录、编辑成典，几乎是不可能的，因为这会耗费很多人力、物力、财力。在这项大工程完成之前，只要我们能做到在使用时界定清楚就够了。如果人们在必要时能做到这一点，自然是很好的，但是这点也很难做到。我们在交谈和争论时，所用的文字意义并不统一，然而我们却误以为日常使用的文字意义已然确定，以为文字所代表的观念也众所周知，此刻加以询问便显示出自己的无知，所以便错用开来。但实际上，所有复杂观念名称的意义都是不确定的，也并非从一而终代表同一观念。如果没有获得必要的解释，那么我们缺少对一些事情的特定知识并不丢人。所以，就算不知道某个声音在别人心中代表什么观念，也不丢脸，因为别人并未告知我们，而离了他们的解释，我们便无从得知。在交流中，语言是必要的，所以人们一定程度上就日常用语的意义达成一致，以便于日常对话。如果人们熟悉一种语言，就不会对文字的通俗用法一无所知。但通俗用法也不是完全确定的，代表的也是某一人群的观念，因此作为标准来说，也是可变的。现下要编纂上面提到的字典也许费时、费财、费力，但是我认为，对于那些依赖外表得以区别的实体来说，画成草图装订成册也无可厚非。如此一来，就能更容易、更便捷地教给他人词语的意义（特别是其他国家和不同时代的词语），这样，我们就不用再通过著名批评家长篇累牍的评论来了解先贤观念的本真了。自然学家将会从图册中获益良多，只需稍加询问，他们就会坦言，对罂粟和野山羊之类的动植物，看图比读定义来的清楚明白。如果不用“痒痒挠”和“铜钹”解释古时候用的“马栉”和“叉铃”，而是配以图示，那么人们就会有更清楚的观念。虽然罗马时代的“宽袍”“罩衫”和“披肩”被翻译成了“袍子”“外套”和“斗篷”，但是我们对这些服饰特点还是没有什么概念，正如我们对这些服饰的裁缝师也没什么概念一样。如此云云，若实体的形状可以靠眼睛区别，最好能用图画描绘，这样比用文字描述更加到位。

26. 补救方法五：文字的意义要前后一致

第五，如果人们不愿费事表明他们文字的含义，又没有对文字界定，在传教和交谈中，他们至少应该保持文字意义的前后一致。如果大家都能做到这一点，便可省下很多书籍，也能终止很多争端，一些充满隐晦辞藻的典籍也可加以浓缩，很多哲人和诗人的作品也能得以提炼。

27. 何时对意义的变化加以解释

毕竟，同人们无限的思想相比，语言文字还是略显贫乏。人们想要准确表达自己的观念，就算谨慎有加，也不可避免会用相同文字表示不同意义。在交谈和争论中，尽管人们在变更词义时，可能没有机会重新定义，但人们若不是故意混淆视听，公正聪明的读者都能大致明白其中的含义。不过如果读者因此不能领会真正的意图，则作者应该加以解释，表明自己使用的词语是何意义。